NOS

NEM O SOL NEM A MORTE

DANIEL AUGUSTO

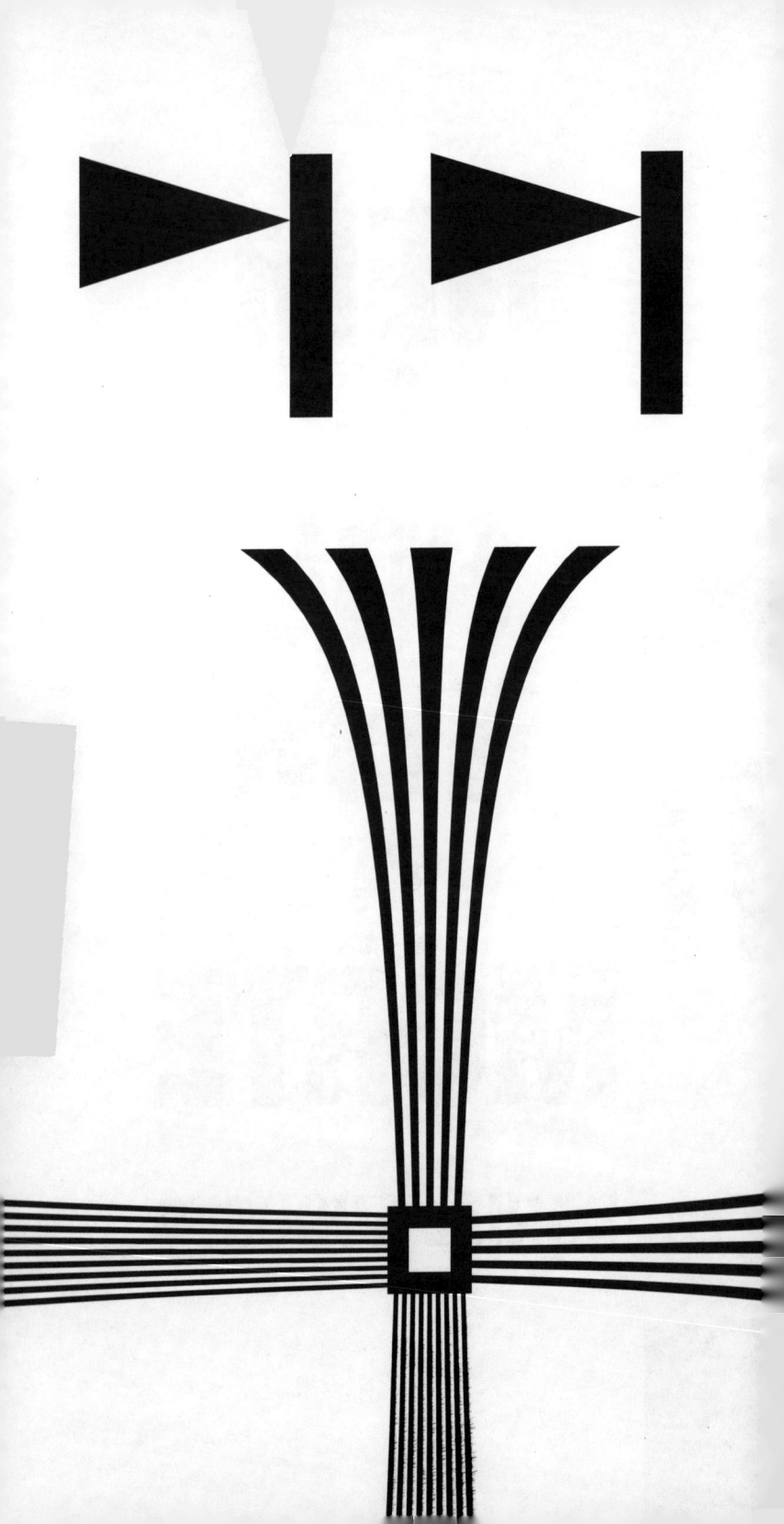

Nem tudo pode ser escrito. Eu não sabia, mas Antônio sim: talvez por isso tenha me contado a história. Os modos dele permanecer em silêncio já eram sugestões. Por exemplo, quando me mostrou o jornal desbotado com a notícia sobre mais uma jovem assassinada. Ele pegou seu cachimbo, ficou sem nada dizer, aparentemente olhando o vento nas árvores. Nesse instante, ficou evidente que sabia de algo. O silêncio era um modo de dizer, mas também a única garantia até então de que permaneceria vivo. Agora, com a história nas mãos, resta-me dar voz ao que se calou, mesmo que algo fique perdido no caminho.

    Fazia tempo que não ouvia falar do Antônio. Desde quando trabalhamos juntos na cinemateca. Ele restaurava os filmes, eu escrevia as sinopses para os catálogos. Passamos muitos bons momentos vendo imagens que possivelmente ninguém mais verá. Ele sempre me aconselhava a não transformar os filmes dos outros em narrativas minhas. No entanto, era a única maneira naquela época de escrever algo. Nem todos os filmes restaram completos e eu aproveitava para preencher as lacunas com textos meus, de modo que a catalogação parecesse mais eficiente, apesar da opinião contrária de Antônio. Até que saí de lá, muito antes de ele começar a ter problemas de visão.

Eu perdi a nitidez da vista anos depois que você foi embora, disse ele. Estava verificando pelo tato os riscos sobre a superfície duma película quando notei que não conseguia enxergá-los, apesar de senti-los com os dedos. Além disso, o rosto da atriz impresso na cópia parecia fora de foco, sem que eu pudesse determinar quem era. Fiquei ainda mais preocupado quando levantei e notei que a sala estava totalmente embaçada. Num primeiro momento, achei que poderia ser uma espécie de vista cansada e decidi encerrar o expediente.

No trem para casa, fiquei feliz de ler pelo canto de olho as principais notícias no jornal do passageiro ao meu lado, mesmo que o conteúdo delas fosse desanimador. Novo governo tem que negociar com o grupo das sete famílias. Mais uma jovem da rede pública de ensino é estuprada e assassinada. A alegria de voltar a ver os contornos me preencheu e pude me dedicar a um dos meus passatempos prediletos: observar pela janela como a sucessão de postes que cortam a paisagem transformam a vista num quase cinema para nosso olhar. É uma das sensações que mais sinto falta agora que estou isolado de tudo.

Há muito tempo não ouvia falar de Antônio e fiquei surpreso quando recebi sua ligação depois de tantos anos sem nos falarmos. Havia um tom melancólico na voz, um pedido de socorro nas entrelinhas. Imaginei várias possibilidades coerentes com sua figura: um amor malogrado, a morte do pai, a consciência do descaso generalizado de todos pelos filmes que ele tanto amava. Foi tão impositivo sobre a necessidade de conversarmos ao vivo quanto reticente sobre o assunto. Devo confessar que tive certa preguiça de largar meu cotidiano para rever alguém cujos laços eram tão distantes, só que ele intuía que eu ainda procurava uma história e assim me fisgou.

Minha primeira surpresa foi saber como devia encontrá-lo: tive que pegar um avião para fora do país, alugar um carro, viajar por muitas horas até um vale gelado pouco habitado, sempre responder que estava sozinho e nunca mencionar o seu nome. Tudo parecia trabalhoso demais, dispendioso e sugestivo de ilegalidade: motivos suficientes para que eu não me movesse. Porém, a sedução pela história que sempre procurei em vão, somada ao período vazio que sempre caracteriza a viagem de férias das minhas filhas com a mãe, tudo isso colocou-me a caminho. Ademais, Antônio sempre fora um sujeito pacato, introvertido, um tanto romântico e quiçá até um pouco ingênuo. Não encaixava na pessoa que conheci ser perigoso, por mais que ele tivesse mudado.

Dirigi pela estrada com resquícios da neve da noite anterior. Era a primeira vez que eu encarava uma pista com resíduos de gelo e acabei demorando quase o dia inteiro para chegar até ao sítio isolado onde Antônio indicou. Não foram poucas as vezes em que pensei em desistir: situações incertas em geral me atacam o estômago, e a quantidade de remédios que tomo para resolver o desconforto sempre me soam como um alerta de que eu deveria evitar situações de prova. Mas não podia desistir da história.

O sítio de Antônio era longe de tudo. Uma casa rústica de madeira, um quintal com muitos troncos cortados e jogados no chão, um raio de muitos quilômetros de distância da habitação mais próxima, tudo coberto de gelo. Havia felicidade no modo como me recebeu, um sorriso tímido que me preencheu dessa sensação boa de que, apesar do curso do mundo, há permanência. Claro, houve algum tempo para me acostumar com a pele enrugada, os cabelos ralos, entre outras marcas da velhice que chegava em nós. Também havia o incômodo inicial de vê-lo na sua cegueira intermitente: foi um choque pensar que logo ele, para quem a visão era o mais importante de tudo, encontrava-se naquela condição. No entanto, além desses aspectos mais evidentes, notei sinais de uma transformação cujos limites eram mais difíceis de determinar: pesava-lhe algo de soturno, sombrio, contraído, como se carregasse alguma coisa dentro de si, algo cujo nome era difícil determinar.

No mesmo dia em que tive meus primeiros problemas de visão, contou ele, fui encontrar Anita, à noite. Ela estava agitada como de costume, como se no corpo não coubesse a energia que tinha dentro dela, mexendo-se de um lado para o outro sem parar. A lanchonete deserta, apenas o balcão pouco ocupado e muitas mesas vazias, ecoava ainda mais alto as notícias da televisão. Como eu já sabia, uma nova adolescente fora assassinada, o grupo das sete famílias exigia do governo mudanças na economia, assim por diante. Nada daquilo me afetava: a possibilidade de perder a visão era algo assustador demais para mim naquele momento.

Você continuaria comigo se eu fosse cego? Era a única coisa que me ocorreu perguntar para Anita, ainda sem imaginar o quanto eu estava perto dessa possibilidade. Como é possível que você se lembre, ela era mais jovem, eternamente mal ingressa na idade adulta, e gostava, mesmo que inconscientemente, de conduzir meu amor com certa insegurança. Nunca pensei nisso, disse ela, e completou falando algo – que ouvira em algum lugar, como sempre dizia – sobre como os outros sentidos ficam mais desenvolvidos com a cegueira. Jamais namoraria com um cego, por fim sentenciou, ainda que fosse adorar a possibilidade de ser cega por apenas um dia ou de ter todos os sentidos aguçados num passe de mágica.

Anita era o antônimo de Antônio: as palavras que escorriam como um jorro, a presença nem sempre discreta, a vaidade de ser o centro das atenções. Tinha consciência de sua beleza exuberante e usava disso como um jogo no qual meu amigo sempre parecia estar perdendo. Bastava ver agora, na casa da floresta, como cada detalhe parecia uma negação de Anita: tudo estava ordenado, meticulosamente colocado num lugar só seu. Ao menos neste ponto, a arrumação, a cegueira estava afinada com a personalidade de Antônio, mesmo que possivelmente por necessidade, pelo temor de perder as coisas.

Fomos transar no meu apartamento, relatou ele. Antes disso, a agitação dela converteu-se numa ansiedade angustiada, pois ela queria que fôssemos à festa de um amigo, onde desejava tomar uma bala, dançar a noite inteira, ficar louca até o dia nascer. O medo de que a cegueira voltasse quando eu estivesse chapado, o ciúme de que perdesse Anita no meio da festa, tudo isso fez com que eu tentasse convencê-la de todas as maneiras a ir para minha casa. Ela acabou cedendo, mas disse que gostaria de mordiscar uma bala, para ao menos ficar um pouco mais alta e feliz. Como ela sempre ficava com o corpo amolecido nessas horas, sensível ao toque mais sutil, o suor permitindo deslizar mais rapidamente sobre sua pele, aceitei prontamente.

No primeiro momento do sexo, minha visão se nublou de um modo diferente da tarde, os limites de tudo pareciam se desvanecer, senti como se pudesse atravessar o corpo de Anita e agarrá-la na alma, tornada por um instante material. No entanto, algum tempo depois, volta e meia eu olhava para ela e não via seu rosto, mas a face de outra pessoa que não reconhecia, o semblante desfocado tal qual o negativo que eu manuseara na cinemateca. Com essa imagem insistente na retina, tive a sensação de que a alma de Anita perdia a consistência tátil que eu inventara, e que encontrava em seu corpo o risco que minhas mãos sentiram na película, como se sua pele tivesse costuras nunca antes reveladas. Quem estava ali? O que haveria dentro dela? O horror tomou conta de mim, mas fiquei sem nada dizer, mecânico, até gozar. Naquela noite, notei como a chegada de minha cegueira intermitente trouxe novas realidades, novas ilusões, tudo em contornos difusos que eu escondia para não enlouquecer.

Antônio nunca havia contado tais intimidades e possivelmente por isso sua descrição ficou impressa de modo tão vivo. É difícil transcrever a história de um outro como se as palavras pudessem servir de espelho da realidade. Tal embaraço me ocorre o tempo todo, mas eu – que sempre procurei uma história – exercito aqui o que talvez saiba melhor: ser leitor, fazer da minha leitura de algo, traduzir aquilo que só eu li. Que você, leitor, julgue como achar melhor: nem tudo pode ser escrito, mas muito pode ser lido.

Alguns dias depois do início dos primeiros sinais de cegueira, Antônio foi a um oftalmologista. O longo período de espera na recepção e a imensa burocracia exigida pelo plano médico deram-lhe vontade de largar tudo, voltar para casa, esquecer tudo aquilo. Por mais de um momento pensou nisso: por que, afinal, tratar-se de algo que ia e vinha, que eventualmente poderia ser apenas um golpe do acaso? O descaso com que era tratado pela recepcionista mais uma vez inflamou seu ódio diante da constatação de que tudo no país parecia submetido ao imperativo do grupo das sete famílias, que tudo controlavam: a saúde, a educação, a comunicação, tudo. Mas Antônio era um tipo que guardava a raiva para si, incapaz de exteriorizá-la, ainda que doesse senti-la.

Finalmente recebido pelo médico, fez os exames de praxe: a leitura das letras cada vez mais minúsculas projetadas, o queixo encaixado para um exame da formação do olho, assim por diante. Você tem uma deformação rara nos olhos que pode conduzi-lo à cegueira total, diagnosticou o médico. A única maneira de impedir é submetê-lo a uma operação. Para tanto, você deve urgentemente se inscrever na fila das cirurgias do hospital que seu plano permitir. Se a operação for bem sucedida, você voltará a enxergar normalmente. Mesmo assim, é importante falar antes, você deve considerar que há uma chance em cem do procedimento dar errado: nesse caso, perderá a visão para sempre. E, depois de algum tempo num silêncio quase sádico, mas disfarçado de zelo e profissionalismo, acrescentou: na minha opinião, como nas duas hipóteses você pode terminar cego, a operação é sua única chance.

Fiquei desesperado, contou-me Antônio. E se eu fosse justamente o mal-afortunado dos cem? Anita iria me abandonar, perderia meu trabalho na cinemateca e nunca mais veria os filmes que faziam da minha vida, no final das contas, algo suportável. No elevador do prédio do consultório, olhei-me no espelho: quantas vezes ainda teria a chance de me ver refletido? Se eu ficasse cego, será que guardaria a última imagem de mim para sempre? Ou esqueceria com o passar dos anos? Aliás, como saber como seria meu rosto alguns anos depois? Somente pelo tato? Essas e outras questões explodiam em mim enquanto sentia que de algum modo a morte contava meus minutos de vida, que era preciso viver o que ainda seria possível antes de ficar encarcerado para sempre na escuridão. Era um sentimento composto: o pesar pela iminência de um fim, o corpo atravessado pela presença de uma profusão de memórias quase táteis que eu julgava esquecidas, a percepção cristalina da condição frágil e trágica de todos nós, uma quase alegria por cada segundo que ainda podia absorver do mundo pelos olhos. Tudo ali, diante do espelho: por um lado, nítido como se eu pudesse atravessar minha imagem e tocar milhares de coisas para as quais permanecera cego até então; por outro, como uma barreira intransponível, enigma insolúvel como sempre será o espelho para quem nasceu cego e nunca viu um.

Quando Antônio me falou do seu desespero diante do espelho, logo procurei algum pela sua cabana. Não havia nenhum por perto, provavelmente porque aumentavam sua consciência da cegueira, mas também poderia ser porque dizem que a capacidade dos cegos sentir a memória da pele das coisas, mesmo ausentes, suplantava qualquer necessidade de duplicação em imagem. De fato, aparentemente ele não tinha fotos, quadros ou qualquer outra coisa que replicasse o mundo: mais um indício de que a história que ele exigiu que eu contasse seria o único retrato de tudo, uma reprodução – penso eu agora – possivelmente nítida e limitada como o espelho que ele descrevera para mim. Nem tudo pode ser escrito, mas o que pode já é muito, ao menos para quem sabe como ler.

Ao sair do consultório, correu para visitar seu pai Aristeu. O velho cuidava da imensa coleção de orquídeas que habitava o segundo andar da antiga casa, transformado em estufa. A televisão ao fundo, sussurrando algum jogo de futebol estrangeiro, fazia companhia, como se nunca tivesse sido desligada desde a morte da mãe de Antônio. O pai o recebeu com a habitual atenção flutuante, mais preocupado com as plantas e a partida do que com as pessoas. O filho ficou por um longo tempo mudo, tentando reter a imagem do florista amador, sentir a fina umidade que imantava o local, com a esperança de guardar na memória aquele momento. Depois de alguns segundos, fechou os olhos, tentando já recordar este passado imediato, ao mesmo tempo que sem ver notava-se mais parte daquele lugar, como se a visão fosse uma espécie de membrana que o separava das coisas ao redor. Havia algum conforto ali, uma brisa que empurrava o desespero para as bordas do esquecimento, mas incapaz de recobri-lo por completo.

Queria ver de novo os seus filmes de Super-8, disse Antônio, logo ao reabrir os olhos. Desde que entrei na faculdade, e isso já faz mais de vinte anos, nunca mais os revi. O pai não respondeu de imediato e foi necessário falar pela segunda vez a mesma frase para que o sentido dela pousasse sobre Aristeu. Acho ótimo, respondeu o velho. Sua irmã virá para almoçar com as crianças: vou pedir uma comida, tomamos algo e assistimos alguns deles. Antônio sabia que a palavra "ótimo" escondia o temor paterno de rever as imagens da esposa, o passado inalcançável. O tratamento com as flores mudou sutilmente, mantendo-se naquele nível de variação imperceptível ao olhar comum, mas sugestivo para quem conviveu muito com alguém.

Durante o almoço, meu pai disfarçava um desânimo de fundo, uma dor sem palavras, reconhecível pelo modo lento com que comia e bebia. Por vezes, esboçava um sorriso com as traquinagens dos netos, que falavam sem parar, mesmo que não fosse claro o sentido do que diziam. Desde que minha mãe se foi, na mesa de operações, meu pai parecia que se sentia um pouco culpado pela morte dela, embora isso evidentemente fosse absurdo. Ao menos que eu e minha irmã saibamos, nunca mais encontrou outra mulher, manteve-se sozinho, numa espécie de fidelidade eterna. Também adquirira, curiosamente, alguns hábitos de minha mãe: de vez em quando, ao falar, parecia que a víamos nele, como se pudesse se transformar nela de algum modo, ainda que isso durasse apenas alguns segundos. Talvez fosse um modo de mantê-la viva dentro de si: era gostoso e melancólico sentir difusamente a presença dos dois, ainda que houvesse apenas um ali.

Vou ter que fazer uma operação, Antônio disse a todos na mesa. Acho que não é nada grave, somente um procedimento de rotina. Ao dizer essas palavras, tive a impressão de que meu pai começou a comer ainda mais lentamente, como se a dor de fundo ameaçasse escorrer e inundá-lo. A ausência da minha mãe se fez mais presente naquele momento, dessa vez como um aviso de que a ordem natural das coisas, a morte dos pais antes dos filhos, pudesse ser perturbada pela intromissão de uma nova mesa de cirurgia na rotina da família. No entanto, o pedido insistente das crianças para ver os filmes de Super-8 que nunca tinham visto e que já sabiam que seriam projetados após a sobremesa, deu o verniz necessário de que talvez a operação realmente não fosse nada demais, apenas um modo de corrigir um equívoco no curso das coisas.

Antônio com o rosto vendado por um pano colorido contava até dez virado para a parede. Não se ouvia o som original da imagem, mas dava para adivinhar sua fala, enquanto uma canção infantil reinava sozinha no áudio. Assim como a película parecia desbotada, com uma leve coloração avermelhada que fazia com que as imagens dessem a impressão de flutuar sobre o vazio, a música parecia incrustada sobre um ruído sem forma, uma espécie de silêncio amplificado. Parecia o mais velho dos mais velhos filmes que Antônio restaurara na cinemateca, o tempo agindo para que a realidade virasse uma memória escorregadia, como quando tentamos fixar a imagem de alguém na cabeça e tudo o que percebemos são contornos imprecisos e fugidios. O pequeno Antônio, que devia ter uns quatro anos então, tenta pegar as crianças ao seu redor sem sucesso: todas elas fogem pelo pequeno quintal, dando risadas. Depois de vários minutos, consegue finalmente pegar uma, retira o pano colorido dos olhos e sorri para a câmera.

Não era eu, disse Antônio para meu espanto. Quando vi a imagem, tive certeza de que não era eu, mesmo que a cegueira me deixasse em dúvida sobre quase tudo que via. A única lembrança que eu tinha dessa brincadeira de cabra-cega era o filme, mas naquela tarde, tal memória ganhou novos contornos quando percebi que o garoto, parecido em tudo comigo, tinha os olhos mais claros. Certamente poderia ser a ação do tempo sobre a película, mas algo me sugeria que simplesmente não era eu que estava ali, que aquele passado não era meu. Comentei com meu pai, que deu uma risada e afirmou que meus olhos mudaram de cor durante a infância. Você não se lembra? Não, eu não lembrava. É certo que não me recordava também de nada antes dos cinco anos, mas isso não poderia ser mais uma evidência de que não era eu? Percebi logo em seguida que não deveria insistir no assunto com meu pai, temeroso que ele era de que a doença da minha mãe tivesse passado para mim. Ele começou a tossir muito, como sempre acontecia quando estava diante de uma situação que não sabia como encarar: era como se todos os anos de cigarro voltassem de uma só vez, consumindo-o, suplicando ora piedade aos que estão ao seu lado, ora – o que é terrível pensar – para ceifar de vez sua dor.

Mais tarde, tomando um café, parcialmente recuperado da tosse que eu e minha irmã tanto temíamos que lhe tirasse a vida, meu pai tentou emplacar uma conversa sobre as notícias de que todos falavam na cidade: os assassinatos das jovens, o governo à mercê das sete famílias. Não aguentava mais ouvir falar sobre tais assuntos, ainda mais agora que, além da cegueira, um sentimento muito forte de que havia algo de errado no meu passado se apoderara de mim. Sem dúvida, minha irmã era quem estava no filme, mas quem era aquele no meu lugar? Meu pai fazia de tudo para evitar o tema, provavelmente porque os primeiros sintomas da doença da minha mãe foram a amnésia de alguns amigos seus, depois dos filhos, de meu pai e, por fim, de si mesma. Nunca me esqueço dela diante do espelho olhando para si como se fosse uma outra.

Quando Antônio falou isso, mais um instante de silêncio tomou conta de nossa conversa. Outra cachimbada, a noite chegando lá fora. Pela primeira vez me ocorreu que Antônio poderia estar perdendo a razão: como assim não era ele no filme? Os anos que me separaram dele talvez o tivessem mudado além do que eu imaginava. Fiquei por alguns instantes perplexo, tentando preencher as lacunas desses tempos que nos separaram, até que um sentimento ruim, inomeado, começou a tomar conta de mim. Era difícil determinar o que era, parecia o início de uma doença, tal como se eu tivesse sido contaminado por algo ali. Tive vontade de ir embora, mas não me movi, pois precisava saber daquela história. Algum tempo depois, o mal-estar ganhou uma forma mais precisa quando revi a imagem da jovem assassinada no jornal desbotado: a imaginação pode não ter limites quando deixamos espaços em branco numa história e estremeci. Qual era a relação de Antônio com aquelas garotas mortas? Algo me dizia que o verdadeiro cego ali não era ele e que eu devia dar o fora o quanto antes.

Depois da visita ao meu pai, voltei para casa, continuou Antônio. A possibilidade de que eu não fosse a criança do filme dominava todos os meus pensamentos: logo agora que posso ficar cego, havia a possibilidade de que tudo que tinha visto até então fosse uma mentira. Era irônico: ver a realidade justamente quando se deixa de vê-la. Tentei consolar-me com algumas fotos de infância que minha mãe deixara para mim: no berçário, tomando mamadeira, meus primeiros passos, um instante de choro, na festa junina da escola, assim por diante. Procurava fixar meus olhos nas reproduções, mas a cegueira intermitente parecia dar suas caras: ora me via neles, ora não. No entanto, de algum modo eu me acalmava: talvez minha impressão estivesse errada, meus olhos, que agora me traíam, já deviam ter suas idiossincrasias no passado e é bem possível – como disse meu pai – que tivessem mudado de cor ao longo da vida.

Tomei dois comprimidos para dormir e logo comecei a sonhar. Eu era novamente criança e estava na recepção de um hotel gigante, em algum país estrangeiro, com muitas pessoas caminhando para todos os lados. Não havia sinal dos meus pais por perto, mas eu não me desesperava com isso. Uma luz calma, de tempo infinito, infundia uma serenidade difusa no ambiente. Sentado numa grande escada acarpetada com figuras geométricas coloridas, que tomavam todo o chão do local, tinha um celular nas mãos: tentava discar, mas sempre confundia alguma tecla e inevitavelmente a ligação que eu ansiava não se completava. A impossibilidade de realizar a ação transformou minha espera em desespero, nublando a monotonia da luz, cuja eternidade desapareceu para mim. Pela primeira vez ali, a ausência dos meus pais parecia me cortar ao meio. Saí em desespero pela multidão, procurando-os. Parecia que eu estava num país de gigantes, onde minha presença não era sequer notada e eu devia tomar cuidado para não ser esmagado. Parei, coloquei as mãos em meus dentes e todos pareciam moles: comecei a chorar, pois sentia que ao menor toque sairiam em minhas mãos e ninguém ali poderia me socorrer. As figuras geométricas coloridas do chão começaram a variar seu tamanho, ganhando volume na horizontalidade, formando crateras escuras, cujo fundo era impossível determinar. Todos ao meu lado passavam por esses buracos como se não existissem, mas eu sabia que se pisasse neles, cairia. Num segundo, uma esperança: meus pais finalmente apareceram, dentro de um elevador, mas sem me ver. Corri para eles antes que a porta se fechasse. Os muitos estrangeiros gigantes que ali circulavam dificultavam minha corrida, esbarrando em mim e quase me fazendo despencar nos vazios profundos abertos no carpete. De nada adiantou minha tentativa: a porta do elevador se fechou sem que meus pais me vissem. Olhei para todos os lados sem ter em quem pousar meu desamparo. Até que mirei um espelho: olhei para mim, os olhos atordoados, cheios de lágrimas, desesperados, olhos que eram meus, olhos que não eram meus, olhos da criança no filme de Super-8. Tentei gritar, mas o grito não saía, não saía, não saía até que acordei, banhado em suor, desesperado.

O relato do sonho pegou fundo em Antônio e ele pediu para pararmos para esquentar o jantar.

Certa vez me disseram que o pior pesadelo para um cego é sonhar que voltava a enxergar: era o que eu esperava como conclusão do sonho que ele contou, mas não foi o que aconteceu. Não seria a última vez que ele me surpreenderia naquela noite.

    Aproveitei a ocasião de estar sozinho para memorizar todas as rotas de fuga da casa, caso necessário. Sem dúvida aquela história tinha todos os elementos que sempre sonhei encontrar, mas qual deveria ser minha contrapartida? Será que ele não tinha me atraído ali justamente porque estava louco? O que se paga para ter a loucura do outro dentro de si? Pela janela dos fundos, vi uma espécie de jardim de esculturas em formação: certamente, trabalhar a madeira era um modo muito adequado para um cego manter a sensação de que ainda está ligado ao mundo, de que ainda pode trabalhar a matéria das coisas e lhes aplicar o sentido que quer. Tal pensamento me consolou, pois percebia ali um esforço para não se fechar em seu próprio universo, descolado de tudo o que nos faz ser o que somos, apesar de nada no jardim ter uma forma clara, como se o trabalho de esculpir fosse o de tornar o reconhecível irreconhecível.

    Durante o jantar, permanecemos quietos. Foi o tempo que precisei para amadurecer um pouco o sonho de Antônio, tudo parecia se encaixar de um modo diverso, perdendo seu aspecto incomum. De fato, eu já tinha sonhado mais de uma vez com atividades que não conseguia completar, que meus dentes estavam moles, assim por diante. Feitas as contas, não havia nada de muito estranho no sonho de meu amigo: um garoto que sente perder a proteção dos pais, como se estivesse subitamente desamparado numa terra de estrangeiros gigantes. É compreensível que alguém na iminência de perder a visão reavive traumas dos abandonos a que todos estamos sujeitos. O que havia de diferente era aquela sensação de não reconhecimento de si que Antônio tinha em relação à infância. No entanto, possivelmente até isso poderia ser explicado: perder a visão pode implicar um deslocamento trágico do que acreditamos ser nossa identidade, e era sintomático que essa espécie de duplo do Antônio tivesse a diferença justamente localizada nos olhos. Claro, toda essas explicações funcionam na medida em que somos capazes de formular metáforas, cujo teste de realidade poderia resultar ou não na verdade, tal como eu esperava ainda ver.

Quando nos encaminhávamos para a sobremesa, Antônio finalmente retomou sua história. Contou que, depois do sonho terrível, passou algumas horas acordado, mas conseguiu voltar a dormir. Acordou um pouco tarde, sentindo-se recuperado para voltar a trabalhar. Fez tudo sem pressa, sorvendo cada segundo. Tomou o café demoradamente, um longo banho, as conexões mais distantes do metrô, tudo para aproveitar ao máximo cada lugar. Pegou o filme que restaurava na cinemateca, reconheceu perfeitamente a atriz desta vez, preparou minuciosamente o reparo de cada fotograma. Pôde se envolver na cena, dar risada das cômicas desventuras de um atrapalhado e ingênuo personagem seduzido por uma belíssima mulher. Na hora do almoço, continuou trabalhando, recusou convites dos colegas para comer juntos. Queria ficar sozinho: que ninguém interferisse na serenidade daqueles instantes de visão, de cotidiano refeito. De fato, tudo parecia se encaminhar como se a cegueira nunca houvesse existido, como se as dúvidas a respeito do passado não pertencessem mais à sua vida. Já imaginava ligar para Anita, convidá-la para uma festa, quando o telefone tocou. Por um instante, achou que podia ser a namorada, que naquele roteiro perfeito que o dia lhe oferecia tinha antecipado seus desejos e chamava-o para junto de si. No entanto, não era Anita.

Eu sei quem está no filme, disse a voz no telefone. Era uma voz de homem, senhorial, impositiva, que conseguia me tornar insignificante apenas pelo modo de falar, afirmou Antônio. Tudo de prazeroso que o dia me proporcionara até então se desfez, dando-me uma sensação de queda ainda mais vertiginosa, como se os abismos que vislumbrei em meu pesadelo ameaçassem invadir a realidade com poder redobrado. Não tive nem tempo de pensar: a voz me disse apenas para anotar um endereço onde eu deveria estar às cinco da tarde e desligou. Fui tomado por um choro incontrolável: nos últimos dias, tudo o que estruturava minha vida parecia desmoronar, como se toda a ordenação do mundo se revelasse subitamente absurda, cancelando as rotinas que nos permitem diferenciar a realidade do sonho, o certo do errado, a verdade da ilusão. Não sei quanto tempo fiquei ali chorando, talvez algumas horas: só me lembro de que a sensação de queda foi substituída por outra de imobilidade, na qual o próprio ar parecia ter um peso que dificultava meus movimentos. Não foi fácil dissipar aquela densidade, voltar a respirar, guardar todo o material de trabalho e sair.

Era uma grande praça, com árvores de troncos encorpados, testemunhas imóveis de um tempo anterior ao nosso. Volta e meia tenho a fantasia do que poderia ficar gravado na memória delas, caso tivessem consciência. É uma tolice, eu sei, mas às vezes acho que resultamos mais da soma das nossas tolices do que dos nossos acertos. Só que não havia tempo para desenvolver esse tipo de pensamento ou tolice. Cheguei quinze minutos antes das cinco e fiquei esperando, ansioso. Cada minuto demorava uma eternidade: eu conferia o horário, guardava o relógio, e quando o pegava novamente, pouquíssimo tempo havia passado. Toda pessoa, pássaro, vento ou som encerrava a promessa de uma chegada que não se cumpria. Em contradição com a tranquilidade da praça, meu corpo permanecia num estado de atenção aumentada, preparado para o pior: o coração rápido, a garganta seca, a respiração quase incapaz de trabalhar. Fiquei até às seis ali e ninguém apareceu. Depois de tanto esperar, esbocei duas vezes ir embora, mas voltei e fiquei mais cinco minutos. Até que desisti: talvez tudo tivesse sido um engano, quem sabe até um delírio meu.

Fui tomar um café noutro canto da praça, numa pequena lanchonete improvisada. Sentia-me frustrado, mas também mais tranquilo, por não ter encontrado ninguém. Era um alívio misturado com exaustão. Comi um pão de queijo enquanto olhava uma casa antiga, possivelmente da época em que a praça era uma fazenda distante do centro da cidade. Hoje, abandonada, as raízes cresciam no que antes deve ter sido a varanda da casa, ameaçando engolir as paredes úmidas e os pedaços da estrutura geral caídos no chão. Uma placa indicava que o local era um patrimônio histórico, mas sua degeneração indicava que não era cuidado por ninguém. Diante daquilo, talvez fosse possível dizer que, assim como todos nós morremos, algumas de nossas habitações também morrem, mas permanecem insepultas, revelando sua putrefação a céu aberto, esquecidas na vida e na morte. Vendo aquelas ruínas, imaginei que o dono da voz poderia morar ali, que talvez ele não fizesse parte do mundo atual, mas de um outro tempo perdido no tempo.

Era difícil determinar os momentos em que a visão de Antônio nublava-se. Às vezes, eu olhava seus olhos e sentia-os instransponíveis: seriam estes os momentos em que não via? Ou estaria ele apenas perdido dentro de si? Por um lado, a agilidade com que fazia as coisas práticas, como cortar lascas de troncos para a lareira enquanto conversávamos, me dava a impressão de que enxergava o tempo todo. Por outro, mesmo nessas ações, era possível flagrar instantes nos quais seus olhos pareciam estar ausentes. Estaria ele cego enquanto descrevia e refletia sobre aquela estranha voz? Ou será que as idas e vindas da cegueira tinham dissociado visão e tato, como se fossem duas pistas que correm eventualmente independentes? A noite passava e ganhava detalhes cuja sutileza não era evidente, como se uma orientação invisível se insinuasse sobre a solidez, a extensão e o peso das coisas palpáveis, tornando-as outras sem aparentemente alterá-las.

No metrô lotado de volta para casa, continuou Antônio, vi um grupo de jovens garotas com uniforme da rede pública. Elas mostravam as mensagens de celular umas para as outras, compartilhando segredos amorosos, transbordando aquele aroma ambíguo de inocência e sedução. Será que elas não tinham medo? As notícias sobre os assassinatos pareciam estar em todos os lugares, menos na cabeça delas: brincavam entre si, davam risada aparentemente por qualquer coisa, transbordavam energia, como se nada pudesse atingi-las. Eu me sentia o oposto: apagado, cansado, exaurido. Os anos e os reveses da vida pareciam pesar com uma profundidade a que eu ainda não me habituara. Minha vista se confundia um pouco, sem que fosse possível determinar se era mais um ataque de cegueira ou simplesmente exaustão. Numa das paradas, todavia, uma visão fugidia me deixou subitamente tenso novamente: era como se eu visse eu saindo no meio da multidão. Igual, mas outro. Uma cópia perfeita. Um gêmeo. Um duplo.

Saí correndo atrás da visão. Atropelei o grupo de adolescentes, que imediatamente começaram a me xingar, gerando confusão. Quanto mais eu tentava me aproximar daquele que pareceu, por um segundo, ser meu igual, mais a turba se revoltava, dando cotoveladas, empurrando-me. Na balbúrdia, a porta do metrô fechou, não consegui alcançá-lo. O trem apitou, começou a se deslocar. Pela janela, ainda tentei localizar a figura efêmera, que parecia não estar mais na plataforma, tinha desaparecido. Será que foi uma ilusão? Saltei na estação seguinte, fingindo não ouvir os impropérios dos que me cercavam e peguei o trem de volta para o ponto anterior, como se ali tivesse alguma chance de reencontrar meu igual. Claro, não havia nada.

Em casa, logo ao chegar, Antônio despencou na cama. O cansaço tinha tomado conta dele. Não sonhou naquela noite, o que certamente era melhor do que a possibilidade de um novo pesadelo: sua cabeça precisava se recuperar das tantas porradas que vinha recebendo. Saltou da cama no dia seguinte com o sol já alto e ligou para a secretária da cinemateca. Tinha uma ideia. Primeiro, como de praxe, pediu para avisar seus superiores que não iria trabalhar no dia. Depois, e essa era sua ideia, aproveitou a ocasião para perguntar se ela conseguiria a lista de todos os telefones que ligaram no dia anterior: quem sabe assim poderia saber de onde viera a voz. A secretária fez as reclamações habituais para valorizar seu trabalho, disse-lhe que ele andava estranho, mas levantou a lista no computador e enviou para o e-mail de Antônio. Foi fácil localizar a ligação para sua sala, cruzar na internet o número com uma lista telefônica com endereços: em menos de três xícaras de café, ele sabia onde encontrar a voz, mesmo que os sites de busca se recusassem a dar o nome do proprietário da linha e da casa.

Tomou um banho rápido, engoliu dois pedaços de pão e mais um café enquanto leu algumas colunas do jornal sobre a inoperância da polícia frente aos assassinatos das jovens. Na cozinha, antes de sair, olhou demoradamente uma pequena faca, afiada e pontuda: deveria ou não levar algo para se proteger? Afinal, o que uma voz como aquela, senhorial e impositiva, poderia fazer com ele? Sua vida fora dos eixos nos últimos tempos somada às terríveis matérias no jornal em suas mãos pareciam não recomendar prudência. Colocou cuidadosamente a faca sobre um pequeno pedaço de pano, de modo a não rasgar sua calça, deixou-a no bolso para o caso de necessitá-la. Nesse instante do relato, se eu pudesse parar a história, modificar seus caminhos, diria para Antônio não levar a faca: temia qualquer conexão do meu amigo com os crimes. Mas nem tudo pode ser reescrito.

Eu estava tenso, preparado para o pior, confessou. Mas parecia ser a única maneira de passar a limpo toda aquela confusão. Afinal, minha vida estava de pernas para o ar: talvez levar adiante aquela loucura fosse a única maneira de não ficar louco, por mais paradoxal que pareça falar assim. Pela internet, vi fotos do endereço: era uma rua residencial arborizada, aparentemente tranquila. Curiosamente, as imagens da casa que eu buscava apareciam ligeiramente borradas, numa dessas dobras que se fazem na intersecção de duas imagens e que dificultam distinguir o aspecto. Mesmo assim, dava para ver na janela da foto um vulto atrás da cortina: seria o dono da voz?

Tomei o metrô com o espírito acelerado, incapaz de me fixar em qualquer coisa: as imagens dos fatos recentes se repetiam no meu pensamento, numa espécie de curto-circuito, ao mesmo tempo em que o mundo exterior parecia operar numa velocidade mais lenta. A fila para comprar a passagem era interminável, a bilheteira não achava as moedas que precisava, o trem parecia andar mais devagar, eu achava que já estava num lugar e, todavia estava no anterior. Torcia para que a cegueira não voltasse a atacar e evitava virar o rosto para os lados, dessa vez temeroso de ver quem vira da outra vez no vagão. Nesses instantes, para me sentir seguro, colocava a mão no bolso para me certificar de que a faca ainda estava ali, como quem acaricia um amuleto em busca de boa sorte.

Ao chegar na estação mais próxima da casa, apesar da ansiedade, decidi caminhar. Queria me familiarizar com a paisagem ao redor do meu destino, numa espécie de garantia pela sola dos pés de que haveria uma continuidade no espaço, de que qualquer fissura no real seria flagrada de antemão. Andei por cerca de quarenta minutos orientado pelo mapa do celular: passei de uma zona comercial feia, superpovoada e caótica próxima da estação para entrar progressivamente numa paisagem mais ordenada, quase acolhedora, fosse outra a ocasião de visitá-la. Havia uma monotonia de casas, ruas largas sombreadas por árvores enormes, poucas pessoas na rua, cantos de maritacas e trânsito rarefeito. Tal calmaria civilizada poderia esconder bestialidades, um abismo sórdido sob o chão aparentemente sólido, como se tudo pudesse ser reverter ao avesso. Eu me acalmava cantando baixinho, me certificando da existência da minha própria voz, como num temor de perdê-la ou de ouvi-la transformada em outra, como em um pesadelo.

Na rua do meu destino, reduzi o passo. Lembrava-me de já ter visto aquela paisagem na internet, agora sem as dobras que se fazem na intersecção das imagens, embora a todo momento tivesse a sensação de que elas podiam ressurgir no real. Ao chegar em frente à casa, havia um homem de costas: ele me parecia gigante, ameaçador, ao martelar uma placa que eu não conseguia ver. Minhas pernas fraquejaram, meu corpo foi atravessado por um calafrio que vinha de baixo e queria sair pela boca, como se todo o ar dentro de mim estivesse revolto. O avesso contudo era outro.

O senhor quer ver a casa? A pergunta vinha de uma voz anasalada, servil, de um senhor calvo, o exato oposto do gigante aterrador que imaginei segundos antes. Por favor, pode abrir o portão, entrar. Hoje é meu primeiro dia aqui, mas já vejo que estou com boa sorte: prego a placa, um cliente aparece. Venha conhecer a casa. Tenho certeza de que você vai gostar. Qual o seu nome?

Antônio sentiu como se a realidade ganhasse uma consistência pacificadora. Era como se a monotonia residencial, que antes prometia ocultar uma ameaça terrível, tivesse se revelado sem nada de mais. A casa estava vazia, as paredes pintadas recentemente, os tacos de madeira envernizados, o espaço vazio impessoal, tudo pronto para a venda do imóvel. Além disso, uma mesa, uma cadeira, um telefone e um laptop, isto é, os instrumentos de trabalho do corretor calvo, que certamente imaginara que teria de ficar de plantão por um bom tempo ali. O homem insistia nas qualidades da casa e, quanto mais falava, mais certeza meu amigo tinha de que ele não era o dono da voz ao telefone. Por um tempo se fingiu interessado, descobriu que a casa pertencia à imobiliária das sete famílias, que a aquisição do imóvel era o pagamento de uma dívida do falecido proprietário, entre outras coisas que mal escutou. Na hora de ir embora, Antônio explicou que estava visitando muitos endereços, que entraria em contato se tivesse interesse em saber mais detalhes, e aproveitou para arriscar e dizer que havia passado na casa no dia anterior, mas ninguém havia atendido. Claro, respondeu o velho franzino, hoje é o primeiro dia que venho, não havia ninguém ontem.

Sabe quando você acorda, não consegue sair da cama e volta adormecer num sono leve e inconstante? Quando abre os olhos eventualmente, vê os objetos de seu quarto, tinge-os de seu sonho e tudo ganha vida? A sombra ao lado da porta pode se ampliar, um abajur talvez se expanda e contraia como um coração, o criado-mudo parece se mover.

Por um instante, o mundo inanimado adquire vida e você começa a se desesperar, tem vontade de gritar. Até que você não aguenta, acorda assustado e o mundo se mostra o mesmo de sempre, como se tudo fosse imaginação sua. Pois bem, completou Antônio, parecia que minha vida inteira estava num impasse similar, como se a realidade deixasse flagrar pequenas ranhuras que evaporavam na hora de comprová-las. Era desesperador.

Fiquei um bom tempo num café tentando me concentrar nas notícias do jornal, mas o fato de elas parecerem reelaborações das mesmas manchetes anteriores, impedia que eu lesse com atenção as palavras simultaneamente novas e velhas sobre as garotas assassinadas, os passos mais recentes das sete famílias, que dominavam todas as páginas, a política, a economia, o caderno cultural, a coluna social. Por um lado, a impressão boa de que o mundo permanecia igual apesar da minha confusão mental; por outro, um certo gosto ruim de tempo parado, que não consegue ir adiante, que fica sempre no mesmo lugar.

Aliviei-me quando Antônio relatou que não acontecera nada na casa, pois temia uma ligação dele com os assassinatos. Além disso, embora ele contasse a história de quem aparentava estar perdendo a razão, o próprio fato de narrar isso com lucidez, por mais estranheza que houvesse na sua narrativa, dava certa tranquilidade. Se ele estava louco, ao menos ainda era capaz de sair fora da insanidade, ordená-la numa forma consistente. Aparentemente, o risco que eu previra por estar ali seria contornável numa eventual situação limite: era possível chamá-lo ao equilíbrio, fazê-lo sair daquilo que parecia delírio, caso algo inesperado acontecesse. Mas minha momentânea zona de conforto tinha suas ranhuras, como o restante da noite ainda iria provar: o que foi até agora escrito ainda não é todo o dito.

Ao longo dos dias seguintes, prosseguiu, minha rotina voltou ao habitual: a visão normal, o trabalho na cinemateca. Não que eu estivesse mais tranquilo. A operação estava marcada e eu não conseguia parar de pensar que talvez fosse condenado ao um por cento de fracasso nesse tipo de cirurgia. No entanto, sempre relembrava, não havia outra chance. Tentei então me ocupar ao máximo no serviço, revia os filmes que mais gostava, cozinhava: tudo era motivo para afastar maus presságios. Mas era difícil. Ainda mais porque eu tinha de sustentar meus medos praticamente sozinho: resolvi incomodar meu pai o mínimo possível, somente pedindo para ele vir me buscar no pós-operatório, e mantive segredo sobre a doença para Anita. Estava receoso de que ela se desesperasse e de algum modo começasse a achar problemas em nosso relacionamento, incapaz que era de enfrentar dificuldades. Não sei até que ponto adiantou: ela começou a reclamar de que eu estava distante, triste demais, que assim não dava.

Mesmo assim, certa noite, ela me ligou para falar de uma festa. É claro, eu não tinha motivos para comemorar, mas achei quer seria bom estar ao lado dela, sobretudo na iminência da operação, que me deixaria alguns dias fora do ar, se tudo corresse bem. Era num prédio no centro, cujo segundo andar tinha uma imensa sacada aberta para o coração decomposto da metrópole. Logo ao chegar, fiquei com vontade de ir embora: tinha sido uma péssima ideia ir até ali. Sentia-me um estrangeiro naquele lugar: pouco frequentava a região e muito menos festas desse tipo. Era como se todos ali falassem uma língua que eu não compreendia, cacos de palavras que tentava traduzir, dar sentido, sempre sem sucesso. Na maior parte das vezes me limitava a um sorriso, aquiescia com a cabeça, como num teatro onde o diálogo é irrelevante e o mais importante é seguir corretamente a *mise en scène*. A música e o burburinho massacravam minha cabeça e eu internamente torcia para não sofrer um novo ataque de cegueira. Para piorar, Anita cismava em não ficar ao meu lado. Por que me convidara então?

Incomodado, deixei-a dançando no meio da multidão, fui fumar na sacada. Fiquei algum tempo observando os mendigos andando pela rua, um mundo de pobreza ao mesmo tempo perto e distante da festa. Também notei um senhor num canto, sozinho como eu, de óculos escuros, silencioso, com um copo de uísque. Numa visão geral, sentia como se todos fôssemos de algum modo sonâmbulos ali: os convidados, os mendigos, o homem no canto, eu. A única coisa real era a operação, cada vez mais perto de mim.

Cerca de meia-hora depois, Anita reapareceu eufórica e um pouco bêbada com algumas balas na mão. Ofereceu-as num carinho um tanto atabalhoado: por um lado, ela sabia que as drogas eram uma maneira de eu suportar aquele tipo de situação, sair da timidez; por outro, já adivinhava minha recusa. Mesmo que ela não soubesse dos meus problemas mais graves, certamente colhia sinais indiretos da minha estafa, dos meus medos, da minha perplexidade e apreensão nos últimos dias. Inventei uma desculpa, disse que estava passando mal, sugeri que tomássemos noutro momento. Ela pareceu não se importar: colocou uma bala na própria boca, deu um beijo protocolar e saiu de novo para a pista de dança. Naquele instante, fui acometido de uma solidão ainda maior: não conhecia quase ninguém ali, tinha vontade de pular da sacada, esborrachar-me no chão. Mas eu era incapaz de uma atitude como essa. Olhei mais uma vez para o velho de óculos escuros, aparentemente desconsolado com o copo da mão, resolvi oferecer-lhe uma bebida.

Comprei duas garrafas pequenas com uma dose de uísque cada, aproximei-me e ofereci. Para compartilhar a solidão, arrisquei dizer. Ele deu um sorriso malicioso, colocou o braço para trás e mostrou uma garrafa grande escondida atrás de seu banco, com apenas um terço de bebida restante. Um homem praticamente cego como eu, continuou, não pode depender dos outros, precisa bastar a si mesmo. Mas você é bem-vindo, pode sentar. Ninguém aqui quer ficar sozinho.

O convite me confortou, resolvi aceitar, embora a menção da cegueira não fosse um assunto que eu gostaria de desenvolver. Houve um tempo em que eu frequentava as melhores festas da cidade, o velho continuou, mas quando comecei a perder a visão, ficou impossível. Que mulher quer saber de um homem nessa condição? Foi difícil no início, mas não tem problema. Já me diverti muito nessa vida, hoje basta tomar meu uísque, ouvir o barulho das pessoas falando à noite, já fico bem. Sempre que posso, dou um jeito de estar no meio da multidão, nem que fique sozinho, ouvindo todos, sentindo o tempo passar, sentindo o tempo sumir.

A conversa andou com mais momentos de silêncio do que falas, mas eu me sentia melhor ao lado do velho que sozinho. Às vezes prestava atenção no que ele dizia, outras não: aos poucos comecei a procurar Anita com os olhos, sempre situada num lugar diferente, observando ao longe o efeito da bala tomando conta do corpo dela. Não era bom vê-la enlouquecendo distante de mim. Ela não voltava, só dançava, dançava, dançava: por vezes sozinha, outras não. Um rapaz começou a ser frequente ao lado dela, com uma cumplicidade que começou a me incomodar. O pior é que minha cegueira começou a dar sinais de nova investida, com rápidos obscurecimentos e perdas sutis de nitidez, como flashes negativados. Mesmo assim, posso jurar que vi Anita com o rosto perto demais do rapaz, o corpo perto demais, um beijo além do normal.

Meu corpo foi atravessado por uma tremedeira de ciúme: o estômago revolto, a cabeça desorientada, as pernas bambas. Despedi-me do velho rapidamente, sem que ele entendesse o porquê de encerrar a conversa tão subitamente e fui embora sozinho, sem avisar ninguém. Já no táxi, mal contive as lágrimas durante o percurso para casa, mas tentei evitar desabar por ali, receoso de ter que entabular uma conversa constrangedora com o motorista. Certamente ele percebeu meu estado, mas respeitou: desconfio que alguns taxistas da cidade têm uma espécie de etiqueta informal para enfrentar os sofrimentos que a noite põe no seu banco de passageiros, de modo a saber quando falar, quando silenciar, quando ajudar, quando imaginar.

Quando cheguei, finalmente pude desabar no sofá e chorar. Meu corpo doía, minha garganta fechava, mas tudo o que eu queria era jogar aquela agonia para fora, mesmo sem conseguir. Gemia imóvel, num desespero constante, monocórdico e quase inaudível. As perdas a que vinha sendo submetido davam a sensação de que não era somente minha visão que obscurecia e desfocava, mas tudo na vida, como se eu mesmo estivesse sendo apagado aos poucos. Em casa, a própria respiração parecia um ato que exigia concentração, uma ocupação num espaço hostil. Apesar disso, aos poucos fui secando a dor, silenciando a angústia. O pior é que ainda demorou cerca de duas horas para que Anita me ligasse: ou seja, por duas horas ela sequer percebeu que eu havia deixado a festa. Meu resto de integridade pedia para não atender, mas como não?

Onde está você? Perguntou com a língua enrolada, como se as palavras lutassem para ganhar forma. Fui embora. Mas por quê? Desculpe, Anita, eu estava passando mal, não deu tempo de avisar você. Escute, respondeu ela com aquela voz descoordenada, só vamos ficar mais um pouco na festa, comer algo depois, daí vou para aí cuidar de você, tudo bem? Tudo mal, pensei. Mas respondi: tudo bem. Um beijo, um beijo.

Eu estava tomado por sentimentos contraditórios: por vezes tinha a certeza de que eu desejava ouvir a campainha, sentir o calor do corpo de Anita e receber seu carinho; noutros momentos, quase torcia, ainda que com pesar, para que ela sumisse de vez da minha vida, e ponderava se não seria melhor enfrentar sozinho o avesso em que eu me encontrava. No primeiro caso, uma felicidade imediata, mas talvez ilusória; noutro, uma tristeza real, mas com esperança de alguma solidez. Não consegui dormir: passei horas olhando o teto, os objetos da sala, até que os primeiros raios de sol vieram, dificultando a visão, pedindo para me levantar, para fazer algo.

Seria uma consequência da cegueira intermitente? Ou a lembrança de Anita? Os olhos de Antônio estavam marejados. Ele foi até a cozinha, trouxe uma garrafa de vinho e serviu uma taça para cada um. Bebemos um pouco sem nada dizer: era o ritmo natural daquela conversa, a alternância entre o silêncio e a fala. Ou ainda, a armação ambígua de uma fala que constrói invisivelmente seu avesso. Naquele instante, a mudez trazia à tona a presença difusa da antiga namorada, justamente naquilo que o corpo e a memória trazem de resistência à palavra. A ausência dela adquiria pelo silêncio certa tatilidade, ainda que feita de pura lembrança e imaginação.

Anita ligou para ele somente ao meio-dia do dia seguinte. Antônio foi para a cinemateca virado, sem energia, mas preferia estar cercado de pessoas, de trabalho, do que permanecer em casa sofrendo sozinho. A cada dez minutos, olhava para o celular, sem sinal de ligação. Era bem próximo do que eu imaginava como o final daquele relacionamento: um gesto impensado dela que ultrapassaria os limites do meu amigo, que seria uma negação dele, como se somente os desejos dela contassem, anulando-o por completo. Mas a noite não foi o ponto final daquela relação: ela ligou pedindo desculpas, dizendo que ficara louca demais, que uma amiga precisou levá-la para casa, que apagou e só agora estava recuperada. Antônio contou isso para mim sem desdizê-la, mas cifrava na expressão que sabia que era mentira, que tinha consciência de que ela passara a noite com o cara da festa, mas não admitia. Naquele telefonema à tarde, do mesmo modo, não se expôs, limitou-se a marcar um encontro mais tarde em seu apartamento.

Ao abrir a porta, Anita logo abraçou o namorado. No entanto, era como se houvesse uma fina película que encobria o toque entre eles. Após algum tempo com os corpos abraçados e apartados, sentaram-se lado a lado na mesa de jantar em frente à janela. Fitavam a cidade iluminada na noite lá fora, quase sem olhar um para o outro, enquanto ela novamente pedia desculpas pela noite anterior. Havia algo de inomeado rondando a escolha das palavras, como se o verdadeiro sentido do que se dizia ali não pudesse aparecer, tal como o temor que volta e meia temos diante de algumas expressões consideradas de má sorte, cujo mero pronunciar comprometeria o destino. Antônio, que cada vez mais eu admirava pela capacidade sutil de entender e se fazer entender sem a necessidade de ser explícito, ouviu a história de Anita com interesse, completando as lacunas, imaginando a realidade por trás da imaginação dela. Sim, ele fingiu aceitar todos os detalhes de que ela foi para a casa da amiga, que não imaginava ficar tão louca, entre outras mentiras. Perdoou-a da boca para fora, mas sentiu que era o momento de pôr o relacionamento deles em xeque, deixar com que aflorasse o rompimento não pronunciado pela namorada, sem perder o lugar aparentemente sereno que ele ocupava. Foi então que resolveu contar para ela sobre os problemas de visão dos últimos dias, a possibilidade de ficar cego e a operação, já antevendo como isso iria alimentar a incapacidade dela de enfrentar dificuldades. Disse que teria de ficar um tempo só, por recomendação médica, mas também porque não queria que ela o visse naquele estado. Eu sempre vou te amar, arriscou ela, posso ficar com você o tempo todo, entre outras promessas nas quais ambos não acreditavam, queriam externalizar como ilusões. Mesmo arredados, os dois passaram a noite juntos, num toque amoroso e sexual frágil, as sensações pendulando entre a consciência de que a ligação entre eles estava rompida e a melancolia de quem não aceita isso.

2

Le soleil ni la mort ne se peuvent regarder fixement. A frase em francês foi uma das últimas lembranças de Antônio quando a anestesia geral começou a fazer efeito. De quem era isso mesmo? O sol incandescia com uma força incomum, quase queimando a vegetação do campo no qual eu me encontrava. Meus amigos das aulas de francês do colegial estavam ali, com a feição intacta apesar do tempo, pronunciando uma língua inacessível, mas com uma sonoridade francofone inegável. Por que não falavam simplesmente francês? Que língua era aquela? No entanto, não havia muito tempo para pensar, pois meu corpo era atirado de um lugar para o outro do campo, como se puxado dolorosamente pelos olhos ou pelo nariz por alguma mão invisível. Sentia-me infectado por uma doença que parecia fazer com que eu mesmo fosse expelido de mim, o que talvez explicasse porque caía algum pedaço meu toda vez que eu era atirado pela paisagem. Meus órgãos internos, massa de carne, sangue e vísceras, ao desabar no chão verdejante e ardente envenenavam a vida ao redor, obscurecendo-a. Um cheiro de cinzas começou a invadir toda a paisagem, a flora ficou seca, escura, morta. Os colegiais foram rareando, mantendo-se somente uns poucos que mais pareciam cadáveres. Agora falavam minha língua, mas ainda com reminiscências do idioma incompreensível. Seriam mesmo cadáveres? Por que perguntavam meu nome? Por que riam quando eu respondia? Eu esvaziava, virava nada. Por fim, o sol foi perdendo a intensidade, a luz e o contorno, como se desfazendo num lugar aquém ou além de qualquer existência, onde não havia forma, ação ou realização. Tudo foi ficando frio, escuro, escuro, escuro e nada mais foi possível por um tempo.

A memória que Antônio tinha de seus delírios na mesa de operação me impressionou a tal ponto que eu me perguntei se ele não estaria inventando aquilo. Aliás, a familiaridade dele com o universo do delírio era algo que me incomodava desde o início de nosso reencontro. Eu tinha um medo impreciso, como se pressentisse de alguma maneira que haveria consequências mórbidas na conclusão do seu relato: havia algo de doente em sua história, uma espécie de doença mental contagiosa. Mas tudo pareceu acalmar por um tempo e esses pensamentos terríveis se afastaram de mim.

A luz azul da lua, a luz branca da cidade, a luz amarela do abajur ao lado da cama. O sorriso do meu pai, o sorriso do médico, o sorriso da enfermeira. O colorido do vaso de flores, o branco dos móveis no quarto, o azul da reprodução da pintura impressionista na parede. A geometria indecisa de tudo, o prazer da cor e a força da luminosidade. Como será que um cego de nascença imagina a realidade? Eu não sei, respondeu Antônio à própria pergunta. Assim que tiraram a venda, minha sensação era a de quem entendeu pela primeira vez uma língua estrangeira nova. Como se tudo pudesse ser visto de um lugar diferente daqueles que eu conhecia até então. Durante todo o período que passei no escuro, deitado e vendado no pós-operatório, sempre me perguntava por que eu, e não outra pessoa, estava passando por aquilo, se afinal havia ou não um sentido naqueles reveses todos. Sei que a pergunta pode parecer ingênua, mas a morte bafejou meu pescoço na sala de operação: depois disso, ao tirar a faixa dos olhos, eu vivi por um instante um prazer difuso que parecia um tipo de resposta. É difícil de explicar com clareza, mas é como se aquele momento de visão renovada carregasse uma evidência profunda, indizível, ainda que fugaz. Uma presença que se fazia do nada, mas que não era uma revelação mística: pelo contrário, era uma brisa humana, despretensiosamente humana, que me dava a força momentânea que eu precisava para voltar a viver. A lua, o quarto, os sorrisos, a cidade: se nos primeiros tempos da cegueira intermitente minha vida parecia sem sentido, a beleza breve daquele redescobrimento da visão deu a recarga provisória que eu precisava para continuar. Sentia-me sozinho e com todos. Eu via.

O médico dissolveu um pouco daquele gosto de maravilhamento ao dizer que a operação tinha sido um sucesso, mas parcial. A boa notícia era que eles conseguiram interromper o processo que poderia me levar à cegueira total: agora eu não corria mais riscos. A má notícia era que momentos de perda da visão fariam parte da minha vida para sempre. Segundo o médico, eu me acostumaria com isso, pois meus outros sentidos ficariam mais aguçados e aos poucos eu saberia planejar um cotidiano em que a privação não me pegaria desprevenido. No entanto, para que não houvesse nenhuma possibilidade de reversão do quadro, eu deveria passar por um pós-operatório rigoroso por alguns dias. Estava liberado para voltar para casa, mas teria que tomar alguns remédios e, sobretudo, teria que ficar distante de luzes muito fortes por duas semanas. Era necessário dormir durante o dia, com as cortinas fechadas até o pôr do sol, fazer da noite meu cotidiano. Os remédios me ajudariam nessa inversão: pílulas para despertar e dormir, antidepressivos, anti-inflamatórios, toda uma lista de fármacos cujo horário de tomar eu tinha que seguir rigidamente. Se eu observasse com atenção ao pós-operatório, tudo ficaria bem, mesmo que, nos primeiros dias, minha visão ainda fosse oscilar com mais frequência entre a normalidade e a obscuridade, a clareza e a indistinção, a nitidez e a perda de foco. Mas isso já seria um treino para os eventuais ataques da cegueira intermitente no futuro, terminou o médico, tentando dar um ponto final que lhe pareceu positivo.

Na saída do hospital, o pai de Antônio estava mais carinhoso do que o habitual. Na verdade, irradiava felicidade porque o filho estava vivo e bem. A mesa de operação desta vez não tinha sido cruel, como fora com sua esposa, e isso lhe dava uma sensação de vitória. Ele trouxe o filho pelo braço até o carro, encostando seu corpo junto dele, sentindo seu calor, sua respiração, sua vida. Abriu a porta, esperou o filho sentar, depois colocou a mochila com pouca roupa no porta-malas. Deu a volta no carro e partiram.

Meu amigo olhava pela janela do carro a avenida mais famosa da cidade, com seus prédios altos, os jovens na rua. A forte iluminação fazia com que ele tivesse que fechar um pouco as pálpebras, mesmo quando queria mantê-las inteiramente abertas. Muitas vezes passara por ali achando aquelas construções modernas em contradição com as estruturas arcaicas da vida social na cidade, um disfarce de civilidade onde só havia selvageria. Naquele caminho, entretanto, a mera existência de tudo, contraditória ou não, o preenchia. Talvez tal percepção o tomasse por algum resquício do prazer desinteressado que sentira no quarto, pela companhia atenciosa do pai ou ainda pelo efeito relaxante de algum antidepressivo. Não importava a causa: era bom sentir algum tipo de reconciliação com o mundo.

Quando desceram por uma avenida secundária, Antônio abriu o para-sol, olhou-se no espelho, tentou ver se havia algo diferente em seus olhos. De modo geral, pareciam-lhe os mesmos de sempre, talvez um pouco mais claros, mas não tinha certeza. Ao deixar de olhar para si e voltar a visão para as ruas, pela primeira vez achou verossímil que fosse ele mesmo na antiga brincadeira de cabra-cega que vira no filme familiar de Super-8. É possível que seu pai tivesse razão, que a cor de seus olhos tivesse mudado. Quem sabe isso não tinha sido um primeiro indício de sua cegueira intermitente? Diante dessa possibilidade, ocorria-lhe também que tudo de estranho pelo que passara nos últimos tempos – o encontro com seu duplo, por exemplo – poderia ser algum tipo de projeção psíquica, fruto de seu desespero diante da possibilidade de ficar cego. Por que não? Mais e mais era invadido pela vontade de voltar para a cinemateca, para seus filmes amados. Queria retomar seu cotidiano, ficar tranquilo, talvez até fazer uma terapia para garantir a serenidade.

Agora você vai voltar a ser você mesmo, disse-lhe o pai ao fechar as cortinas no apartamento de Antônio. A afirmação soou como um carinho, sem a ambiguidade que certamente teria assolado meu amigo uns dias antes. Era preciso recuperar-se. Algum tempo depois, com a cabeça no travesseiro, adormeceu rápido, logo após ouvir a porta da sala se fechar, quando Aristeu o deixou. Um novo tempo parecia começar.

Nos primeiros dias, era estranho acordar à noite, contou-me Antônio. No entanto, para quem sempre gostou da sala escura de um cinema, a falta do sol não era um problema. Meu pai fazia compras de supermercado durante o dia, chegava logo depois do pôr do sol, geralmente me acordando. Nós tomávamos um café juntos, e iniciávamos nossas conversas sobre as notícias do dia, que em geral permaneciam variações das anteriores à operação. A única notícia nova era sobre ameaça de blecautes frequentes, uma vez que a companhia energética estatal estava operando no prejuízo, ameaçada pela corrupção e pelas dívidas com as empreiteiras das sete famílias. Claro, um blecaute não chegava a ser uma questão para um cego, talvez fosse até curioso ver como todos iriam se virar na escuridão. Mas as notícias de jornal eram apenas uma pequena parcela dos assuntos entre mim e meu pai: na maior parte do tempo, nós falávamos sobre nosso passado, os momentos que passamos juntos. Eu lembrava a ele de como saíamos na minha infância todos os dias correndo para comprar o pão quente na padaria antes do sol nascer, da manhã em que o vi tropeçar, cair no chão, e percebi a fragilidade de tudo, dos filmes que ele fazia em Super-8, da primeira vez que fomos ao cinema, de quando caí da bicicleta, entre outras lembranças. Por sua vez, ele falava do meu gosto pelo futebol, dos desenhos, da minha introspecção, da montanha de mesas que fiz certa vez na sala de aula, escalando-a em seguida, para depois cair, cortar o queixo e ir parar no hospital. O único assunto em que não tocávamos era a doença da minha mãe, sua morte. De vez em quando meu pai ficava um pouco mais, almoçávamos por volta das onze da noite, víamos um pouco de televisão juntos. Se nos últimos anos minha relação com ele esfriara, tornando-se quase protocolar, nos tempos do pós-operatório isso mudou, deixando-nos mais próximos. Era bom estar ao lado dele, sentindo-me protegido, mas também de algum modo protegendo-o.

No tempo sozinho das primeiras noites, eu fiquei em casa. Lia o jornal na internet, revia os filmes que mais amava. Deixava a casa em geral pouco iluminada, o brilho dos monitores da televisão e do computador mais baixos que o habitual. A cegueira atacava com mais leveza e eu começava até a achar que poderia prevê-la. O fato de estar em casa ajudava bastante nesses ataques: era fácil me localizar, saber onde estava a cama, o banheiro, a cozinha, o filtro, os copos, os pratos, os talheres, a geladeira, o fogão, a pia, a toalha, o chuveiro, os armários, as roupas, tudo o que eu precisava. Mas sentia também que meus outros sentidos estavam mais atentos. Ouvia com mais nitidez o barulho do elevador, o ruído dos vizinhos, a quantidade de carros e pessoas na rua, os aviões e helicópteros passando, o canto dos pássaros, o zumbido dos insetos. Ao andar, percebia as distâncias e os obstáculos do caminho quase sem precisar olhar, como se tivesse desenvolvido uma outra consciência do espaço, sem que eu saiba ao certo como isso foi possível. Talvez fosse decorrente dos exercícios que inventei: colocava objetos no caminho do corredor e tentava passar por eles de olhos fechados sem esbarrar, além de permanecer horas tentando guardar a textura dos objetos que tocava, como se fosse possível ter alguma memória através da ponta dos dedos, fazer disso uma forma de orientação.

Na segunda semana, comecei a dar passeios noturnos pela vizinhança. Sentia que precisava cansar meu corpo um pouco mais: a vida sedentária em casa dava de vez em quando a sensação de estar encarcerado na própria consciência. Além disso, se não fossem os remédios para dormir, eu nem sempre sentia sono às cinco da manhã, hora em que obrigatoriamente eu tinha de ficar de olhos fechados. Assim, para ver o mundo e cansar um pouco o corpo, eu andava entre duas e quatro horas da madrugada, dando voltas pelos quarteirões próximos. Concentrava-me sobretudo na área de um extenso e agradável parque ao lado de casa, onde eu podia ouvir os pássaros e os insetos noturnos, além de ver uma ou outra pessoa que passava por ali. A sensação de que o mundo continuava ativo era boa, como se a comprovação da sua existência pudesse afugentar os fantasmas da minha consciência, tornando-os irreais pela própria autonomia de tantas coisas fora de mim. Quando chegava em casa, tomava um copo de leite, lia ou relia alguns livros antes de deitar: redescobri a origem da frase sobre a impossibilidade de olhar fixo para o sol e para a morte em La Rochefoucauld, além de começar a debruçar-me sobre a vida de cegos famosos, como o antigo matemático Nicholas Saunderson, professor de Cambridge, inventor de uma máquina de cálculo algébrico feita de alfinetes em cima de um quadrado, tal como descreveu Diderot em sua *Carta aos cegos*. De Tirésias a uma personagem de um filme de suspense dos anos sessenta, toda ocorrência de cegueira era fascinante agora que eu sabia que não perderia por completo a visão.

Mas houve uma noite em que tudo pareceu virar de cabeça para baixo de novo. O mundo reconciliado que se descortinou desde que eu havia tirado minha venda pareceu acabar ali. Eu caminhava pela praça há cerca de uma hora, quando resolvi sentar num dos bancos para descansar. Devia ser por volta de três da manhã. Ouvia os pássaros noturnos, o estrilar dos insetos. Por trás dessa camada dominante de som, comecei a notar ao fundo uma respiração cadenciada, cuja marcha por vezes acelerava, por vezes diminuía. Na verdade, não era apenas uma, eram várias respirações. Levantei-me e fui em direção ao som. Aos poucos, conforme caminhava, o cheiro do mato começou a se misturar com o de gente, de suor. Tudo parecia emanar de um trecho da praça onde há um labirinto vegetal com algumas clareiras para piqueniques. Tomando cuidado para não ser visto, fiquei atrás de um emaranhado de vegetação, onde pude ver os corpos entrelaçados de várias pessoas, algumas semivestidas, outras totalmente nuas. Por um tempo duvidei da minha própria visão, se aquilo era real ou não, se não era uma nova forma de cegueira, uma alucinação. Mas não havia dúvida: eu estava diante de uma imensa orgia ao ar livre, com dezenas de homens e mulheres transando, em grupos pequenos e grandes, trocando de parceiros, gemendo, tateando, virando, gritando, gozando. Num primeiro momento, fiquei espantado e tímido. Havia lindas mulheres ali: a maioria bem jovens, algumas outras da minha idade ou um pouco mais. Os homens, por sua vez, variavam mais em sua faixa etária: dos vinte e poucos anos aos de cabelos brancos e corpos flácidos. Todos tinham um olhar febril, talvez dominados por alguma droga, talvez apenas fruto do entorpecimento do contato físico intenso. Eu comecei a me sentir estranhamente culpado de testemunhar aquilo, mas também excitado. Não queria ficar, mas também não queria sair. Fui ficando por um tempo que até hoje não sei determinar quanto foi. O que sei é que aos poucos a falta de forma daquele emaranhado humano, apesar da pouca iluminação, começou a ganhar alguma organização para mim. Era como se nas ondas daquele mar de gente, eu pudesse identificar uma regra, uma lógica, um padrão em que as meninas mais jovens eram usadas de alguma forma como objetos do desejo de todos os outros. Elas eram o centro daquele espaço aparentemente sem centro, o eixo quase imperceptível daquela confusão de peles, pelos, pesos. Cada vez mais culpado e excitado, comecei a tremer, como se tomado por uma febre delirante. Preocupava-me um ataque de cegueira ali, que me deixaria em má situação, talvez visível aos outros sem sabê-lo. Num ímpeto, resolvi retirar-me em silêncio, testemunha de algo que parecia uma ilusão, mesmo que meus olhos, ouvidos e olfato atestassem sua veracidade.

A única maneira de me acalmar ao chegar em casa foi me masturbar. Ora pensava naquilo que tinha visto, ora corria de um pensamento erótico a outro sem me fixar em nenhum. Depois de gozar, atordoado, tomei um ansiolítico, coloquei uma venda de dormir nos olhos e fiquei algum tempo na cama sentindo o dia raiar. O efeito dos fármacos foi dominando meu corpo devagar, induzindo-me ao relaxamento, apagando momentaneamente tudo. Não lembro do que sonhei, só que apaguei por completo. Se eu achava que antes da operação minha vida estava de pernas para o ar, isso ainda era pouco diante do que viria a acontecer.

Por um momento perdi a capacidade de olhar para Antônio. A ideia da orgia me deixou sem graça. Como vinha se comprovando ao longo da noite, havia muitas coisas pelas quais eu jamais imaginaria que meu amigo poderia ter passado. Tudo bem que a imaginação nunca foi meu forte, esse era o motivo pelo qual eu estava ali, mas mesmo assim algo me incomodava. Por um instante me senti numa posição análoga à dele diante do bacanal: um observador intruso, testemunha involuntária de algo que gera um prazer simultâneo à dúvida se devemos ou não olhar aquilo, em que medida temos esse direito, uma vez que não participamos, somos de certa maneira passivos diante de uma realidade que se dá a nossa frente independente de nós. Claro, eu tinha sempre a desculpa de que procurei a vida inteira por uma história, que agora ele me dava de bandeja: era perfeitamente justificável minha intrusão, o fato de estar ali. Assim como é compreensível que só eu possa contar essa história, dar forma para que ela não seja só minha e do meu amigo, mesmo que nem tudo possa ser escrito, como ainda se verá.

No dia seguinte, prosseguiu Antônio, eu tomava banho logo após o pôr do sol. Minha visão estava um pouco abalada, eu esfregava os olhos com a esperança de que fosse melhorar, e nada acontecia. Mas eu sabia onde estava tudo o que precisava, conseguia me virar. O pior era a sombra da noite anterior, que não saía da minha cabeça e parecia anunciar coisas muito piores pela frente. Quando eu já estava quase terminando de me enxaguar, o telefone começou a tocar com tal insistência que saí por um instante dos meus pensamentos soturnos. Apressei-me para terminar, enrolei-me na toalha e fui até a sala atender. Estava incomodado com aquele ruído persistente e chato, puxei o telefone com raiva, preparado para ser ríspido. Todavia, quando ouvi quem estava do outro lado da linha, meu sentimento mudou por completo, minhas pernas bambearam, o medo atravessou minha espinha. Era a voz de novo.

Você precisa estar mais atento ao que vê na praça à noite, disse a voz. Nem tudo pode ser visto, mas o que você viu ainda é muito pouco. Logo que a voz completou esta frase, meus olhos encheram-se de lágrimas, caí de joelhos no chão, sentindo-me minúsculo, insignificante. Eu tinha muito a perguntar, mas estava paralisado, incapaz de qualquer ação diante do silêncio que se seguiu do outro lado da linha. Era como se um golpe tivesse me atingido o corpo inteiro, enfraquecendo-o por completo, tornando excessiva a mera tentativa de se manter na vertical, ereto. A linha caiu, minha visão turvou-se de vez, eu desmaiei.

Quando Antônio acordou, seu pai estava ao seu lado preocupado. Sua cabeça doía, ele mal conseguia levantar o pescoço. Aristeu trouxe um pouco de água e sal, meu amigo tomou e aos poucos conseguiu se levantar, sentar no sofá, se reestabelecer. Por alguns minutos não se lembrava do que acontecera, não conseguia saber como foi parar no chão. Já sentado, olhou para o telefone sem querer e subitamente a voz reapareceu em sua memória, senhorial e grave, como se continuasse de algum modo viva dentro da sua cabeça. Ele estremeceu com a lembrança, sentiu vontade de apagar, mas permaneceu acordado, acuado, desesperado. Naquela noite, algumas vezes chegou a pensar em contar tudo para seu pai: o duplo, a voz, a visão na praça, tudo. Talvez compartilhar o peso daqueles acontecimentos diminuísse a opressão que lhe causavam. Precisava muito de alguém naquele momento, mas novamente optou pelo silêncio, assim como fizera com Anita. De acordo com suas palavras, nem tudo podia ser dito: havia o risco de envolver seu pai em algo obscuro e talvez perigoso, ou ainda de ser simplesmente desacreditado, que Aristeu poderia achar que estava diante de uma nova manifestação da doença trágica da mãe. Eu assenti para meu amigo, silenciando que tais pensamentos me ocorriam também: nem tudo pode ser dito, repeti mentalmente sem falar.

Durante aquela noite, Antônio ficou morrendo de vontade de ir para a praça novamente, apesar do temor. No entanto, seu pai não largou de seu pé até a hora em que ele foi dormir, outra vez sedado por um ansiolítico. Os dois ficaram mais distantes naquele encontro, como se o pai desconfiasse de alguma coisa errada. Fizeram as refeições juntos, viram televisão, mas passaram a maior parte do tempo calados, como se cada um preferisse imaginar sozinho o que se passava na cabeça do outro. Aristeu tossia muito, dessa vez não só como sintoma de que estava diante de uma situação difícil de encarar, mas também porque os anos de cigarro pareciam consumir cada vez mais intensamente seu pulmão. A preocupação com o pai tomava o pensamento do meu amigo, fazendo-o esquecer por um momento as dificuldades de sua própria vida.

Antônio acordou na noite seguinte por volta das sete. A noite já colocara tudo sob a sombra. A primeira coisa que fez foi procurar em suas anotações o número do telefone da casa onde ele tentara encontrar a voz. Não era fácil, pois uma leve cegueira baralhava tudo ao redor. O telefone chamou algumas vezes, deixando-o progressivamente apreensivo a cada toque, até que uma voz gentil feminina atendeu. Apesar da timidez e da desconfiança iniciais, os dois conversaram um pouco: quem atendeu foi a nova locatária da casa que Antônio visitou. Ela acabara de se mudar, tudo estava uma bagunça e, não, a casa não estava mais disponível, que foi a desculpa que meu amigo encontrou para a ligação. No fundo, ele sabia que nada encontraria ali, mas naquele estranho quebra-cabeças em que estava metido, parecia-lhe que as peças poderiam ter ou não sentido conforme o tempo avançava, como se algo insignificante num momento pudesse tornar-se importante depois. Tal hipótese indicava mais um possível sintoma do delírio em que ele aparentava estar preso, dando-me cada vez mais desconforto enquanto ouvia seu relato, sem nada opinar.

Depois do telefonema, fiquei em casa até por volta das duas da manhã, disse Antônio. Eu queria ir logo para a praça, mas intuía que nada aconteceria antes da madrugada. A ansiedade fazia com que os minutos parecessem horas, com que cada nova tarefa no apartamento transcorresse com um aspecto interminável. Tomar banho, fazer o jantar, limpar um pouco a casa: a cada gesto, um tempo que teimava em não avançar, como se quisesse mortificar tudo com seu peso lento. Meu pai ligou por volta das oito e meia, dispensei-o rapidamente, assegurando-lhe que estava bem, não precisava de ajuda naquela noite. Não era verdade: a leve cegueira misturada com a inquietude dificultava as coisas, fazendo até que eu cortasse um pouco a pele dos meus dedos ao cozinhar, deixasse a pequena frigideira virar, quebrasse um copo no chão e derrubasse um abajur. Apesar de tudo, eu precisava sair dali, ver se era verdade o que vi antes, encontrar quem sabe a voz.

Fui para a praça por volta das duas da manhã, quando a cegueira parecia ter amainado. Perto de uma pequena lanchonete fechada, fiquei ensaiando a ida até a clareira no labirinto vegetal. Um lado meu pedia para esquecer tudo aquilo, recuperar-me do meu pós-operatório sem correr riscos; o outro dizia para eu não desistir, ir adiante, esclarecer aquilo tudo de uma vez, ou ao menos ter mais uma noite daquela visão que me deixou cheio de curiosidade e prazer. Sentei-me no banco mais perto de onde havia visto a orgia. Fiquei um tempo em busca dos pássaros noturnos, mas não conseguia vê-los, somente ouvir seus ruídos misturados com os dos insetos. Estava absorto nisso, quase esquecendo do porquê estava ali, mas pouco a pouco voltei a ouvir os gemidos. Fiquei imediatamente teso e corri para a vegetação densa e emaranhada. Desta vez não me sentia culpado, somente ansioso. Lá estava a imensa massa de corpos humanos justaposta, como se formasse um único animal de muitos braços, pernas, troncos, cabeças, tudo respirando sexo. Parecia uma soma de raízes entrelaçadas em que não se distingue uma planta da outra, ou uma pintura cubista em movimento, viva e suarenta. Fiquei em silêncio, escondido, fascinado. Havia pessoas de todo tipo ali: peles sedosas, ásperas, cabelos loiros, morenos, ruivos, lisos, cacheados, alturas diversas, materialidades diversas. Era como se fossem corpos sem sujeitos, ou melhor, cuja subjetividade parecia diluída numa presença imaterial coletiva, que impunha sua lógica acima das individualidades, esvaziando-as, rompendo as membranas entre o eu e o todo. Mas também pareciam imagens, um quadro cuja força do que mostrava tinha aspecto de ilusão, dado seu caráter extraordinário. Fiquei outra vez somente observando, sem saber das horas: os corpos naquela clareira alteravam o andar das coisas, como se lento ou rápido não coubessem naquela soma de ritmos desiguais, cujo andamento geral parecia aliás prescindir da progressão do tempo. No entanto, certa hora minha cegueira começou a enevoar tudo, sobrevindo em ondas que alternavam claridade e escuridão. Tomado de medo e angústia, tentei me fixar em algumas pessoas ou em pedaços delas, como se pudesse controlar a visão mantendo o foco: uma linda ruiva de cabelos longos e pele muito branca, vestida apenas com um colar de prata com um coração, uma mão masculina sem corpo que apertava os seios de uma garota cuja transpiração reluzia a pele por completo, uma boca de lábios carnudos contorcida entre o prazer e a dor, a visão fugaz de uma mulher que parecia Anita.

Estremeci. A possibilidade de que minha ex-namorada estivesse ali fez com que tudo girasse ao meu redor. Eu queria cair, mas não podia. Tinha vontade de gritar, mas devia silenciar. Precisava ver melhor, mas era obrigado a permanecer imóvel. A visão começou a ficar mais turva, a cegueira corroendo a nitidez, a cor, o volume, a perspectiva, todos na minha frente e eu mesmo. Como Anita foi parar ali? Como eu nunca desconfiara que ela frequentava esse tipo de coisa? Ou começou depois que terminamos? Mas seria ela? Ou era somente uma impressão? Uma ilusão?

Estava prestes a desmaiar quando pude ver novamente o rosto daquela que imaginei ser Anita. Era outra pessoa. Jovem como ela, o corpo como o dela, o cabelo como o dela, mas outra pessoa. A constatação aliviou meus pensamentos, tranquilizou-me. A visão me traiu, a imaginação me traiu, mas a realidade me pacificou. Aquela era uma linda mulher, mas não aquela que foi minha mulher. Ainda bem: seria excessivo para mim. A sensação de vertigem começou a se desfazer, mas mal comecei a me recompor e fiquei tenso novamente ao ouvir um som confuso de sirenes ao fundo. O grande corpo coletivo cubista começou a se desfazer imediatamente, as individualidades repentinamente restabelecidas desataram a correr, pessoas passaram ao meu lado me empurrando sem me ver, roupas na mão, corpos seminus. A luz dos postes próximos da clareira começou a falhar, tudo ficou numa escuridão total: não era minha visão dessa vez, mas a própria cidade que parecia ter mergulhado num blecaute, escura como breu. Policiais apareceram com lanternas e cachorros, mas ao chegarem não havia mais ninguém na clareira. Como uma aparição que subitamente se desfaz, mas que deixa indícios de sua realidade, seu cheiro, suas roupas íntimas.

Com cuidado, eu resolvi sair da mata onde estava metido, sem quase nada enxergar. Era difícil me desvencilhar da vegetação densa silenciosamente, mas eu achei que estava sendo bem-sucedido até o momento em que saí para o passeio e dei de cara com um pastor alemão latindo e babando. Definitivamente, a roda da fortuna não girava a meu favor. Um policial veio ao lado do cão enfurecido e iluminou minha cara, confundindo ainda mais minha visão com aquela luz ofuscante e levemente azulada. Segundos depois, outros oficiais me cercaram, fazendo muito barulho, dando gritos, atirando-me ao chão, dando-me dois dolorosos pontapés com seus coturnos. Colocaram algemas em mim, me arrastaram com violência e me jogaram num camburão. Eu quase não enxergava, estava totalmente desorientado, como no sonho que tive durante a operação, no qual meu corpo era jogado de um lugar para outro sem que eu tivesse controle sobre mim. Atirado na traseira da perua, a barriga doendo pelos chutes que tomei, sentia terror e ansiedade, ainda mais com as ameaças e o escárnio dos oficiais, que prometiam coisa pior adiante.

Noutra época, eu não conseguiria imaginar um sujeito pacato como Antônio sendo preso. Quando trabalhamos juntos na cinemateca, se havia alguém que não parecia oferecer perigo algum era ele: metódico, silencioso, introvertido, solitário.

Em sua cabana, entretanto, eu sentia que essas mesmas características poderiam ter seu sinal trocado, como se projetassem sombras escuras e cerradas de acordo com o modo que sua personalidade era iluminada. Havia um lado obscuro nele, difícil de decifrar. Mesmo assim, por tudo que ele contara até aquele momento, nada justificava que ele fosse maltratado por policiais e que fosse parar na prisão.

Na delegacia, ele passou algumas horas sentado, algemado numa espécie de recepção, ao lado de um grupo de prostitutas e travestis que brincavam com os policiais como se os chamassem para um programa. Os oficiais riam dos gracejos, pediam sem convicção para que parassem, mostrando um descompasso entre a letra e o espírito, chamando a lei pela fala, mas desautorizando suas próprias investidas pelos sorrisos nos cantos da boca. Como Antônio salientou, as palavras por vezes são como vazios, em que cada um pode aplicar seu sinal, torcer seu significado como bem entender.

Depois de muito esperar, meu amigo foi levado para sentar à mesa de um delegado, teve suas algemas retiradas e começou a dar depoimento. Quando começou a falar, logo descobriu que era o único a ter sido preso na praça, o que deu uma circunstância ainda mais apavorante ao diálogo inicial, no qual ele sentia que a ironia com que os policiais o tratavam poderia descambar num instante em mais violência. Além disso, sua visão parecia cada vez pior, agravada pelas pálpebras que tremiam e fechavam de maneira descontrolada. Com medo, sem enxergar, contou gaguejando toda a verdade: que fora operado recentemente, que estava fazendo passeios noturnos por recomendação médica, que descobrira as orgias e ficara curioso, assim por diante. Ao longo de seu depoimento, sentiu que a atmosfera ao seu redor mudava, assim como o tom da inquisição. Foi se tranquilizando, percebendo a mudança no tom do seu interlocutor, que aos poucos criou uma empatia pelo meu amigo, recolhendo as óbvias evidências de que ele não tinha relação com o grupo na clareira. Afinal de contas, talvez fosse demais supor tal infração de um cego, mesmo que ocasional.

O oficial pediu desculpas pela detenção depois de algum tempo de conversa, e explicou que a polícia estava especialmente atenta para essas orgias não somente pelo atentado ao pudor, que lhe parecia menos importante, mas sobretudo porque suspeitava que tinham relação com os assassinatos das jovens secundaristas. Era preciso investigar e esclarecer logo tudo o que fosse ligado aos crimes, já que a situação tendia a se complicar com a possibilidade de blecautes mais frequentes, uma vez que a companhia de energia estatal estava mal das pernas. Com a cidade no escuro, era muito provável que os crimes aumentassem e mais jovens fossem encontradas violentadas e mortas.

Antônio foi enfim liberado por volta das cinco da manhã e a única advertência que tomou foi para que não frequentasse mais a praça à noite. Como o delegado suspeitava, e meu amigo achava verossímil, nem tudo ali poderia ser prazer. Ele lembrava da primeira noite, quando percebeu que as meninas mais jovens eram o centro do desejo dos outros, mas não comentou nada, pois tudo que queria era ir embora, voltar para casa, se recompor. Um policial taciturno, com alguns dedos a menos nas mãos, levou Antônio para seu apartamento antes do amanhecer. Meu amigo ficou aliviado com o silêncio do motorista pois não aguentava mais palavras, palavras, palavras, com tudo de perigo que elas continham. Ao chegar, tomou um ansiolítico, correu para cama e dormiu profundamente.

Na noite seguinte, acordou com a campainha insistente. Levantou-se de cuecas, colocou uma bermuda e foi até a porta esperando encontrar seu pai. A sua visão estava péssima, não enxergava nada, mas ele conseguia se movimentar no ambiente familiar graças aos treinos dos últimos dias. Perguntou de forma burocrática quem era, mas ao aproximar-se da porta algo já lhe indicava que não era seu pai. O outro lado não respondeu, mas Antônio não sentiu medo. Abriu a fechadura, e embora não estivesse vendo, sabia que era Anita, antes mesmo de ela abraçá-lo e começar a beijar seu corpo. Transaram várias vezes quase calados, como se intuíssem que falar estabeleceria distâncias, que qualquer discurso desfaria a história que desejavam viver ali. Como repetiu Antônio, nem tudo pode ser dito, ainda mais diante da ausência do outro que cada um carregava dentro de si. Era preciso transar, transar, transar.

Durante a noite toda, mantivemos nosso contato restrito quase somente ao físico, descreveu Antônio. A vontade de nos encontrarmos era grande, mais do que eu imaginava. Procuramos não discutir o passado, o futuro, os motivos da separação, a possibilidade de novos encontros, nada disso. Restringimos nossas poucas conversas ao presente: você quer beber algo? Vou a banheiro. Está com frio? Quer um cobertor? Você é linda.

Você é lindo. A cegueira foi diminuindo conforme a noite passava, pude rever gradativamente seu rosto, sua pele, seus cabelos, os detalhes do seu corpo. Dessa vez, eu podia fechar os olhos, escolher os momentos em que não queria ver, abrir os olhos, ver tudo. Havia uma melancolia subterrânea, que por vezes ameaçava chegar à superfície, mas cada vez que se aproximava, eu mergulhava em Anita, beijava-a, roçava sua pele na minha, movia-me colado ao seu corpo, como se seu calor fosse meu, como se meu corpo fosse dela. O relógio despertou por volta das cinco da manhã, avisando que o dia ia chegar. Eu coloquei minha venda de dormir, nos abraçamos, caímos em um sono profundo e delicioso. Sonhei que Anita estava na brincadeira de cabra-cega do antigo Super-8, mas fazendo carícias eróticas em mim, deixando-me suspenso entre a vergonha de que os outros pudessem ver e o prazer do seu toque, dos seus beijos, da sua língua.

Anita me acordou na noite seguinte. Ela já estava vestida, pronta para sair. Deixou um farto café da manhã pronto, sussurrou para que eu me vestisse depressa pois uns caras da companhia telefônica estavam subindo. Eu não entendi nada, coloquei rapidamente uma calça jeans desbotada, uma camiseta branca amassada e chinelos. A campainha tocou duas vezes, fui até a porta, dei de cara com dois homens altos, uniforme cinza, malas de ferramentas nas mãos, semblantes de neutralidade burocrática. Anita me deu um beijo de despedida, passou por mim e cumprimentou os rapazes, que deram um sorriso forçado, algo antipático. Ela seguiu pelo corredor até o elevador um pouco sem graça enquanto eu recebia aqueles dois funcionários com cara de poucos amigos, sem saber o motivo de eles estarem ali. Para onde ela iria agora? Será que eu ia vê-la novamente? Pois não?

Nós estamos aqui para verificar a linha do Sr. Antônio. Sim, sou eu, mas não há nada de errado com o meu telefone. O senhor tem certeza? Tenho. Os rapazes tiraram uma ordem de serviço do bolso, mostraram-me: era meu telefone, meu nome, mas não meu sobrenome. Chamei atenção para o fato, mas os funcionários disseram que a companhia nunca errava e entraram no apartamento sem que eu autorizasse. Por um instante pensei que poderiam ser assaltantes: os gestos bruscos, o olhar distante, mas me acalmei um pouco quando um deles tirou ferramentas da sua mala, e não uma arma. Segundo eles, desde que a companhia foi privatizada novamente, a capacidade de detecção de defeitos tinha sido otimizada a cem por cento, e a central havia encontrado um caso de linhas telefônicas invertidas, possivelmente porque eu era homônimo de um outro assinante. O senhor não recebeu ligações estranhas ultimamente? Fiquei com vontade de dizer que sim, mas achei melhor negar: como saber se eles eram mesmo da companhia telefônica? Depois de tantas coisas estranhas nos últimos tempos, não seria boa ideia arriscar, mesmo que minha curiosidade estivesse atiçada para descobrir de onde vinha a voz. Os dois começaram a examinar meu aparelho e a conexão na parede. Pedi para ficar com a ordem de serviço, pois gostaria de verificar posteriormente se não fora enganado. O mais alto dos funcionários, que estava com ela no bolso, olhou desconfiado, mas entregou. Qual era o problema afinal de me entregar? O serviço durou cerca de dez minutos, os dois se despediram secamente e foram embora. Olhei para as minhas coisas, a mesa posta por Anita, fiquei com uma saudade funda dela, mas achei que devia evitar procurá-la, deixar que as coisas acontecessem sem programar muito.

Passei alguns dias em casa, praticamente sem sair. Recebia a visita do meu pai, comíamos juntos, nossa cumplicidade parecia estar se refazendo. Eu andava muito preocupado com ele: as tosses pareciam indícios de que algo poderia acontecer em breve. Quando passamos a vida inteira ao lado de alguém, é difícil imaginar que esta pessoa possa não estar mais ao nosso lado algum dia. Mas minha mãe já se fora e eu sentia que deveria aproveitar ao máximo os bons momentos com meu pai. Ao mesmo tempo, com o passar das semanas, minha visão progressivamente voltava ao normal, com os ataques de cegueira cada vez mais esparsos. Aos poucos, o médico liberou para que eu voltasse a acordar durante o dia, usando óculos escuros no início, depois sem óculos, permitindo-me voltar ao trabalho.

Antônio voltou à cinemateca. Para sua decepção, foi transferido para trabalhar na recepção do arquivo, o que era um acinte para um sujeito com a experiência de laboratório que ele possuía. Segundo seu chefe, havia dois problemas: primeiro, o fato de Antônio ter passado por uma cirurgia delicada na visão, o que lhe parecia incompatível com o restauro de filmes, ao menos por um certo tempo; segundo, e isso era o principal, a cinemateca teria de cortar gastos, diminuir o ritmo da recuperação das películas, e mantê-lo na recepção era um modo de conseguir manter seu emprego na instituição. Você pode até fazer outras coisas à tarde, se quiser, disse seu chefe, não precisa ficar o tempo todo aqui. Noutra época, o impacto de tal designação teria abalado profundamente meu amigo, mas ele manteve-se sereno e resignado, pois tudo que almejava era uma vida normal de volta. De certo modo, conseguiu: passou a ter um cotidiano moroso, no qual despachava cópias, organizava a correspondência para os amigos da cinemateca e atendia uns poucos pesquisadores. A cegueira não dava mais sinais de existir e mesmo Anita, com sua capacidade de desorganizar tudo, tinha desaparecido. A tranquilidade tão desejada parecia enfim reencontrada.

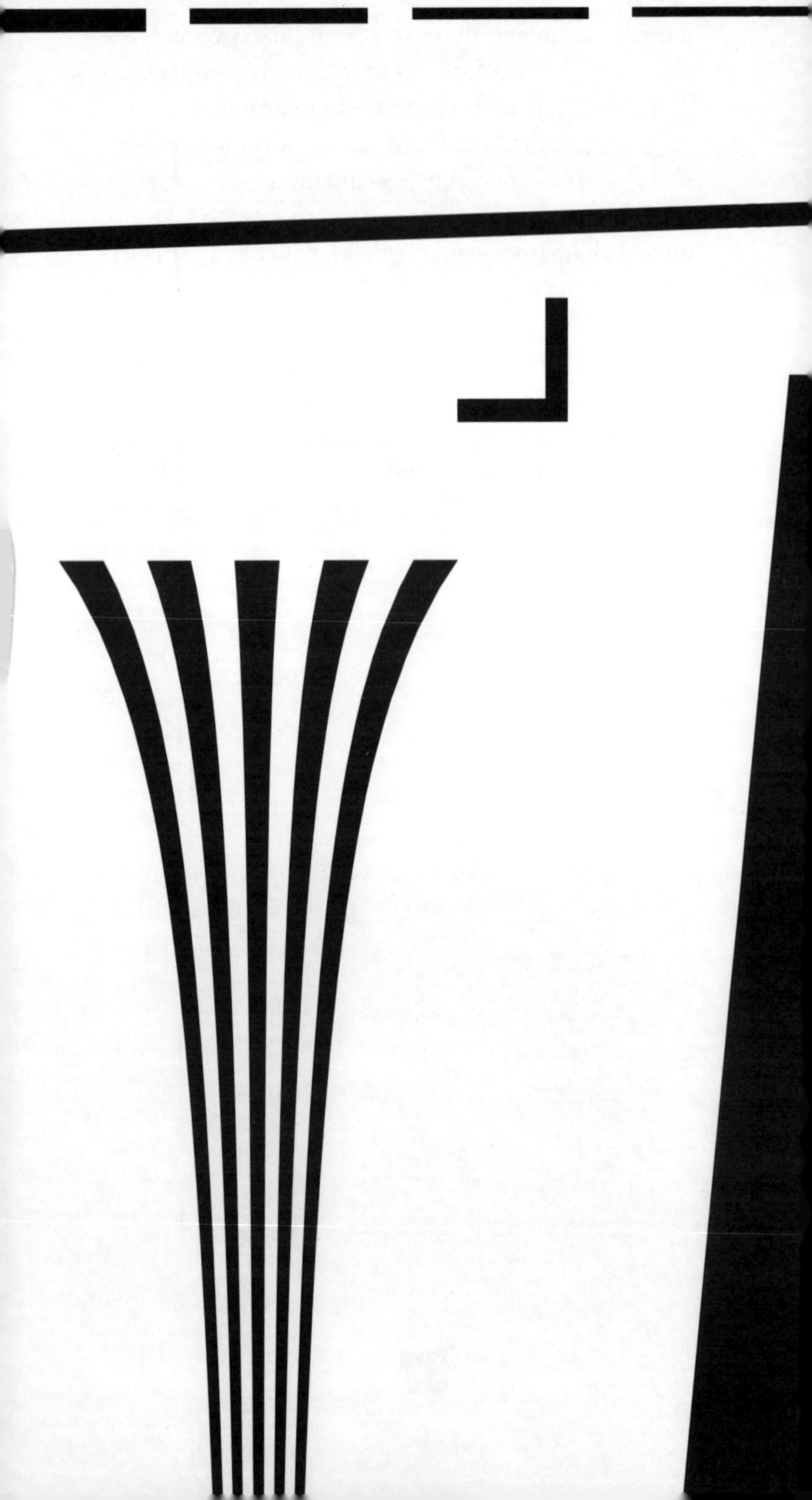

L 3

Tudo teria permanecido calmo, não fosse ter casualmente topado com o endereço do outro Antônio, enquanto imprimia as etiquetas das cartas da cinemateca. Por um momento, duvidou de si: será que sua memória não estava pregando-lhe uma peça? Fotografou o endereço com seu celular e o levou para conferir na ordem de serviço da companhia telefônica. Não havia dúvida: era a mesma pessoa. Diante disso, a curiosidade tomou meu amigo de assalto: não seria o caso de saber mais sobre seu homônimo? Será que haveria nele algum indício capaz de explicar os telefonemas e as orgias na praça? A possibilidade de responder a essas questões lhe parecia mais interessante do que as conversas com seus colegas de trabalho sobre os novos blecautes, as dificuldades do governo, as sete famílias, as meninas assassinadas, entre outros assuntos que – em suas palavras – mais pareciam gravações que repetimos sem pensar, achando-nos originais. De fato, muito do que se diz não passa de mera duplicação do que já existe, pensei.

Meu amigo chegou logo depois do almoço em frente a uma pequena vila. O portão principal estava aberto e ele foi até uma minúscula praça central, onde se sentou num banco e começou a reler um pequeno exemplar artesanal de *O homem de areia*, de Hoffmannn. Preferia a releitura de seus livros de cabeceira quando estava fora de casa: parecia-lhe melhor do que uma leitura nova, pois assim podia alternar com mais tranquilidade atenção e desatenção. Não se lembrava com muito detalhe do conto e começou sua leitura com prazer, somente para ocupar a cabeça. No entanto, aos poucos a escolha do livro se revelou não aleatória: o homem que jogava areia nos olhos das crianças, fazendo-os saltar para fora, a estranha personagem Olímpia, que duplica um ser humano, entre outras coincidências que soavam reveladoras da sua condição, começaram a perturbá-lo. Que caminhos inconscientes levaram-no a escolher aquele livro? O ponto final da história não encerrou os ecos em sua cabeça, deixando-o ansioso e angustiado, em busca de conexões entre o que lera e vivera. Para se acalmar, procurou se concentrar na fachada das casas geminadas, coloridas, bem ao estilo do bairro de intelectuais e artistas onde se encontrava. Havia beleza e serenidade ali, reforçadas pelo sol agradável, o som abafado de crianças brincando dentro das casas, o cheiro de um bolo no forno. Na sua frente, não havia sinal de vida na habitação de seu homônimo: a janela fechada, o aparente silêncio interno, nenhuma luz acesa. Antônio aguardou algumas horas banhando o rosto no sol, tentando decifrar as formas coloridas que surgem quando a luz toca nossas pálpebras fechadas, com seus desenhos de estrelas, pontos coloridos e manchas vermelhas. Essa sensação, esse jogo de adivinhação, afastavam um pouco a ansiedade e a angústia das relações que estabelecia entre *O homem de areia* e sua cegueira, entre a loucura do personagem Natanael diante do caráter duplo de Olímpia e seus próprios delírios, assim por diante. Estava quase imerso no jogo lúdico da luz por baixo das pálpebras, quando a porta se abriu e o outro Antônio saiu.

Sua visão estava inicialmente turva, mas era possível ver um homem muito magro, de meia-idade, com a pele branca de quem evita o sol, a barba por fazer, roupa social, óculos de grau com lentes grossas e uma maleta de couro preto. Andava apressadamente, abismado nos próprios pensamentos, alheio ao mundo. Tal imersão dentro de si facilitou para que a perseguição do meu amigo não fosse notada. O outro Antônio andou por cerca de dez minutos pelas ruas, chegou até a estação do metrô, comprou suas passagens, pegou o trem e sentou-se no vagão com um livro na mão. Não foi fácil descobrir que livro ele lia sem ser percebido, mas meu amigo achava que isso seria revelador da personalidade de seu homônimo e tentou de várias maneiras ver o título. Passou andando duas vezes ao lado do homem, inclinando a cabeça com esforço, parou no corredor em três posições diferentes, apoiado nas barras de alumínio do teto. Quando um lugar vagou na frente, sentou-se, e em seguida se abaixou atabalhoado, mexendo a cabeça de um lado para o outro, até que finalmente viu as *Meditações metafísicas*, de René Descartes.

Eu lembrava do livro das aulas de filosofia no colégio, disse. A desconfiança de que o mundo fosse um grande sonho engendrado por um Deus enganador, a suspensão tática da crença na existência de tudo, o eu sozinho. Parecia-me coerente com aquele homenzinho franzino ensimesmado, que poderia muito bem-estar habitando com todas suas pequenas forças somente seu próprio pensamento, ansioso de que tudo em volta fosse uma ilusão. Talvez fosse um modo de se preservar, de evitar que os barulhos do metrô, o espaço ocupado pelas pessoas ao redor e o cheiro da aglomeração misturado com desinfetante e metal invadissem sua vida, destruíssem sua frágil compleição. Para mim, isso fazia retornar as palavras d'*O homem de areia*, fazendo-me precipitar os dois textos sobre minha vida, como se a cegueira do passado tivesse colocado definitivamente areia na realidade, convulsionado tudo, deixando-me sozinho na busca do que ainda restava de mim. Penso, logo existo? Meu homônimo era sozinho como eu, quebradiço como eu, perplexo diante do não de tudo, aparentemente angustiado pela marca do não no núcleo do seu ser.

Nós chegamos a uma escola pública. Ali, no pátio aberto, ele se revelou outro: falou com algumas jovens uniformizadas, esboçou sorrisos, ganhou cor, como se a beleza da juventude tivesse aberto brechas no seu eu retirado do mundo. Foi para uma grande sala, onde quase uma centena de alunos se sentou. Eu fiquei incógnito, no fundo, ao lado de outros adultos sem uniforme, que deviam ser professores da instituição. O fato de estarmos numa escola pública, cercados de jovens, era algo que trazia a memória dos assassinatos, e eu começava a estabelecer relações atemorizantes entre aquele homem e tudo o que vinha acontecendo. Se minhas suspeitas eram verdade, ele estava longe de estar alheio ao mundo: pelo contrário, estava conectado a muito mais coisas do que eu gostaria de saber. Afinal, era perfeitamente possível que ele seduzisse aquelas garotas, que frequentasse as orgias na praça e – quem sabe – até soubesse da voz. Estremeci.

A palestra do professor Antônio começou com uma breve retomada sobre quem era Descartes. Pelo visto, não era a primeira vez que falava do filósofo francês aos alunos. Na sequência, ele começou a descrever como era a concepção de sujeito no autor e como esta atravessou os séculos até hoje. Segundo ele, era como se houvesse uma ideia inicial de autonomia do sujeito que foi se revelando ilusória com o tempo. A consciência não coincide totalmente consigo mesma, repetiu várias vezes, enquanto pontuava sua apresentação com referências a filmes e seriados de televisão recentes, que tornavam o percurso filosófico mais acessível aos jovens. Eu reparei como havia um silêncio respeitoso, muito diverso do que eu esperava num ambiente como aquele. Em especial, entre as garotas, que pareciam encantadas com aquele homem pouco atraente, mas cuja fala as conduzia para onde quisesse. Ele fazia gestos e o rosto delas acompanhava sua direção, como se ele fosse o maestro de um balé sutil, cuja aparente discrição escondia uma voltagem sedutora. Fui ficando cada vez mais inquieto com aquela combinação peculiar entre saber e prazer: quando começaram as perguntas dos alunos, resolvi sair para fumar um cigarro.

O incômodo descrito pelo meu amigo rebateu em mim. O caso das adolescentes assassinadas nunca foi resolvido satisfatoriamente e a mera possibilidade de que ele soubesse de algo parecia torná-lo cada vez mais cúmplice. Eu também não entendia o porquê de seguir aquele professor, de se meter mais fundo numa história que já o tinha feito parar na polícia. Por vezes, tinha vontade de pedir que ele parasse de contar tudo aquilo, como se o seu relato fosse a iminência de uma doença que eu não queria contrair, por mais que a curiosidade e a vontade de ser escritor me impelissem a permanecer ali. Antônio talvez estivesse louco como o personagem d'*O homem de areia*, ensimesmado como Descartes nas suas meditações, com a diferença fundamental de que o retiro deste último era somente uma tática de raciocínio. Mas será que eu, ouvindo aquela história na cabana, não era também somente parte de uma estratégia louca e secreta de Antônio? Não estaria ele tramando algo cuja lógica me escapava? Desta vez, eu é que estremeci.

Não havia ninguém no pátio externo, continuou Antônio. Comecei a fumar um cigarro, tragando-o longamente para me acalmar, quando – sem ouvir os passos – uma garota se aproximou. Ela tinha pele lisa das jovens, o cabelo castanho cacheado preso num coque aparentemente informal, os olhos vivos e explosivos das ambiguidades de sua idade, o odor dos óleos que queimam nas antecâmaras do prazer. Fogo que se queima, aroma que nos evapora. Ela sorriu, se sentou ao meu lado e acendeu um baseado, sem preocupação alguma de que alguém pudesse repreendê-la. Começou a falar livremente, como se eu fosse seu cúmplice, um amigo de muitos anos.

Fumar ajuda a pensar, afirmou, dando risada da própria fala. Em seguida, desatou a dizer que adorava tudo o que o professor Antônio contava, que a gente vive só na superfície, que o mais importante sempre nos escapa, assim por diante. Era como se o discurso dele fosse uma espécie de catalizador de uma série de ideias difusas dela, em geral ao redor de uma vontade de liberdade para ter toda sorte de experiências diferentes e as dificuldades de realizá-las, uma vez que não tinha dinheiro, que trabalhava como garçonete num bar e o salário não dava para nada. Ela bem que tentava – para usar suas palavras – se jogar ao máximo em tudo que podia, mas sabia que havia muitos lugares que só quem tinha grana podia acessar, que o melhor do mundo estava reservado somente para os VIPs. Eu faria qualquer coisa para sair daqui, não aguento mais viver essa vidinha sem um puto, arrematou.

Devo confessar que ouvir toda aquela profusa apologia da busca de liberdade e experiência, somada à visão de relance dos detalhes sedutores daquele corpo, cuja magreza enxuta destacava mais suas curvas, fez com que eu esquecesse por alguns instantes toda a perturbação que tomara conta de mim durante o dia. O pescoço nu atrás das orelhas, os lábios grossos, os olhos eloquentes, a camiseta escolar entreaberta, a breve aparição do tecido do sutiã, tudo isso e muito mais faziam com que eu estivesse e não estivesse ali, perdido em pensamentos eu deixaria ou não me seduzir por uma garota que devia ter apenas dezessete anos, se aquilo era correto ou não. Estava aí perdido entre o sim e o não quando a conversa foi subitamente interrompida pela saída dos alunos, fazendo minha interlocutora loquaz engolir as palavras e atirar o resto do seu baseado para longe. Tive que me despedir rapidamente, pois já avistava o professor Antônio saindo com sua maleta de couro preto, acenando para as alunas, o sorriso no rosto. Será que eu deveria ter pego o telefone dela? Qual era o seu nome?

Ao deixar o espaço da escola, era como se meu homônimo tivesse voltado a ser o sorumbático homem de algumas horas antes. Ele foi até o metrô, pegou o trem de volta, sentou-se mais uma vez diante de seu livro. Eu fiquei ali, tentando manter uma distância segura, já que, apesar de alguma introspecção, o professor estava mais desconcentrado e agitado que antes. Dessa vez, não foi fácil segui-lo: minha cegueira dava seus sustos, formando pontos luminosos semelhantes aos que vira à tarde de olhos fechados, com a diferença fundamental de que agora as pálpebras estavam abertas. Chegamos na estação final de sua trajetória, ele subiu as escadas rolantes e foi para o banheiro. Durante todo o percurso, apesar do mal-estar da visão turva, eu não conseguia deixar de pensar na jovem garota, em como aquele flerte tinha feito bem para mim. Entrei no banheiro para limpar um pouco o suor, quando minha visão ficou totalmente nublada por uma súbita explosão de manchas ao meu redor. Desequilibrei-me e estava prestes a cair no chão quando, no meio do caminho, topei com o corpo do outro Antônio, que me empurrou violentamente em direção à pia.

Quem é você? Você está me seguindo? As duas perguntas feitas à queima-roupa, enquanto eu me recuperava da tontura momentânea, deixaram-me por um instante sem palavras. Equilibrei-me na pia, tentando me recompor. O professor parecia ter novamente se transformado: não era mais o pequenino homem que segui até então, mas parecia muito maior, como se o corpo em posição de ataque tivesse lhe conferido outro tamanho. Havia também algo em sua voz, uma espécie de plasticidade na modulação capaz de alterá-lo por completo, torná-lo outro. Senti-me diminuído, tentei acalmá-lo, dizendo que poderia explicar tudo, mas que era uma longa história, que eu gostaria de contar, e sobre a qual ele não precisava ter receio. A dificuldade de me manter ereto, a palidez do meu rosto naquele estado, o suor frio, tudo isso deve ter contribuído para que ele mudasse paulatinamente de atitude: de alguma maneira, meu estado lastimável desmobilizou sua postura agressiva, tornando-o mais compassivo. Lavei o rosto e convidei-o para tomar um café nas redondezas.

Meu amigo seguiu em silêncio pelas ruas ao redor da estação. O professor parecia novamente perdido no seu mundo interno, quase como se não tivesse ninguém ao seu lado. Antônio foi recuperando sua visão no caminho, embora com as mãos tremendo, o coração acelerado e a sensação de que seu estômago borbulhava. Quando chegaram ao café, conseguiu recuperar um tanto da compostura, encorajado pelo olhar hospitaleiro do seu homônimo, que pareceu ali novamente conectado ao mundo. Contou então, apesar da dificuldade, parte substancial do que passara recentemente: a cegueira intermitente, as ligações estranhas, as orgias na praça e a estranha visita da companhia telefônica. Seus olhos marejavam sem controle, incapaz que estava de disciplinar as emoções que sentia ao falar, como se o mero enunciar daquilo trouxesse de volta o passado, impregnando o presente. As frases se sucediam desencontradas, indecisas se haveria um eixo seguro aonde pudessem se desenrolar, formando uma história por costuras enviesadas. O homem escutou tudo calado, com expressões brandas, interessadas e incentivadoras, mas ao mesmo tempo como se nada o surpreendesse de fato. Apesar dessa inusitada imperturbabilidade, que noutra pessoa poderia sugerir que ele sabia mais do que aparentava – isto é, um silêncio prenhe de ameaças – Antônio sentia-se seguro, talvez porque seu homônimo dava a impressão de quem frequentava com tranquilidade os pensamentos dos outros, por mais oblíquos que fossem. O silêncio daquele homem era compreensão: nem tudo precisa ser dito, muito mais pode ter sentido.

Após cerca de uma hora ouvindo sobre dificuldades recentes de Antônio, o professor pensou um pouco, deu uma longa baforada em seu cachimbo, e começou a divagar sobre a cegueira. Era como se todas as experiências de Antônio servissem de base para ele continuar a solar sua palestra no colégio: falou da visão incompleta dos presos na caverna platônica, da desconfiança dos sentidos na filosofia, da onipresença do olhar na cultura contemporânea, assim por diante. Sua entonação lenta e pausada lembrava uma oração religiosa, que regulou paulatinamente o ânimo desencontrado do meu amigo, dando-lhe um eixo, mesmo que provisório. A tranquilidade foi invadindo-o e até uma ponta de felicidade surgiu quando seu homônimo falou sobre a *Carta aos cegos*, que era uma leitura fresca em sua memória. Foi quando se empolgaram e enfim entabularam um diálogo: a conversa sobre Diderot tornou-se não só um modo de estabelecer pontos em comum, mas também de esconder os acasos infelizes que os tinham colocado juntos. Em especial, quando começaram a dar opiniões sobre o problema de Molyneux: se um cego de nascença, caso um dia viesse a usufruir da visão, poderia ou não reconhecer pelos olhos um cubo e um globo que havia tocado anteriormente. O professor e meu amigo concluíram que possivelmente não, pois os olhos aprendem a ver, assim como nós aprendemos a falar, a ler, e a escrever. Era algo que Antônio de algum modo podia dizer pela própria experiência, e que certamente poderia descrever pela noite inteira, não fosse o gerente do café ter anunciado que iria fechar e o sentimento de que a cidade parecia entrada numa mudez dormente. Recém-amigos, os dois se despediram como se há muito se conhecessem: havia uma amizade nascendo ali, uma cumplicidade, algo mais que a mera semelhança de nomes.

Naquele encontro, eu fiquei sem saber quase nada sobre aquele homem, disse Antônio. Mesmo assim, o fato de ele me ouvir com paciência, sem se surpreender com minha história, deu-me a segurança de que eu não estava ficando louco. Sempre gostei de professores de filosofia, desde o colégio me entendia rapidamente com eles, embora a vida adulta nunca tenha dado muitas oportunidades de encontrar quem gostasse do assunto tanto quanto eu. Ou melhor, tanto quanto nós gostamos. O encontro com o professor me serenou: lembro que pude dormir tranquilo, sonhar com meu pai me filmando, colocando uma venda sobre meus olhos, que, ao ser retirada, transformava-me num pequeno super-herói, dotado de poderes para voar pelo quintal, pela casa, pelo mundo. Eu estava de novo tranquilizado.

4

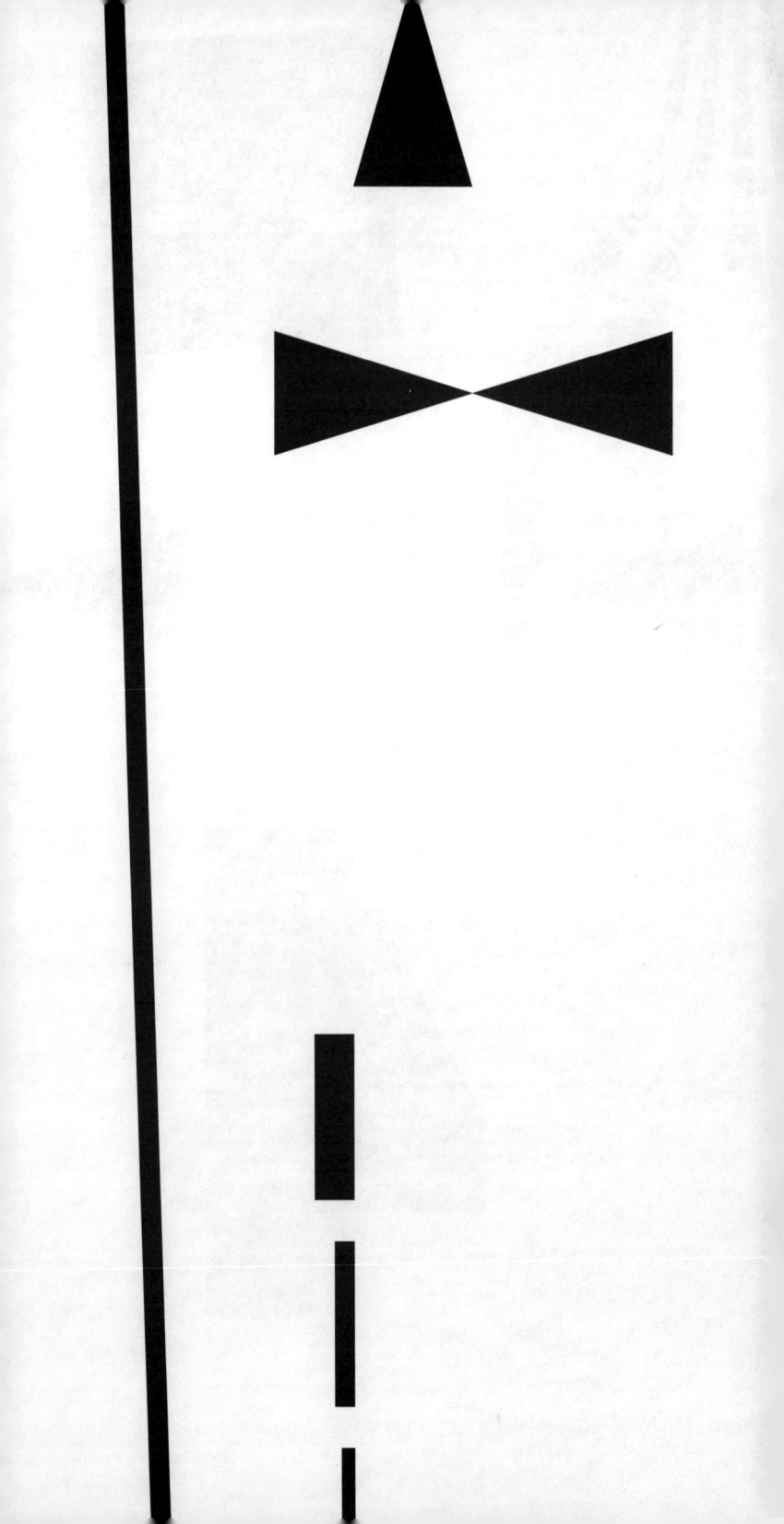

Um pouco daquela sensação boa permaneceu no dia seguinte quando fui trabalhar na cinemateca. Poderia ser um dia como os outros, acrescido pelo sentimento ameno do final da noite anterior, mas não foi. Tudo começou com a visita de uma ruiva muito bonita, de cabelos longos e pele branca. Ela chegou na recepção do arquivo de óculos escuros na mão, um vestido elegante preto reluzente e saltos altos. Parecia a primeira vez que ela ia ali: seus olhos olhavam de um lado para o outro, como se buscassem orientação. Havia um tanto de insegurança nela, que se dissipou quando ela disse que fazia uma pesquisa sobre filmes eróticos do início do século passado. Naquele momento, não sabia se era minha imaginação que estava ficando paranoica, mas achei perfeitamente verossímil que ela fosse uma das frequentadoras das orgias na praça. Na verdade, desejei isso: ela era uma mulher sedutora, com a qual imediatamente imaginei estar na cama, embora sua postura fosse imperturbável, sem a menor brecha, possivelmente para evitar brincadeiras desagradáveis com o tema de sua pesquisa. Levei-a até os monitores, carreguei alguns curtas-metragens anônimos em preto e branco e deixei-a algumas horas assistindo ao material. Eram películas curiosas, feitas na maior parte por amadores nos primórdios do cinema, onde as cenas de sexo explícito não tinham as coreografias que se tornaram os clichês da pornografia hoje. Para mim, o pornô era algo estimulante, mas que eu procurava evitar, talvez por pudor ou medo de ficar viciado. Às vezes meu olhar buscava ávido as imagens desses filmes, às vezes eu me distanciava ao vê-las, como se fosse atropelado por uma espécie de má consciência da minha posição de espectador. Além disso, era como se aquela proximidade excessiva da realidade do sexo por vezes se mostrasse como encenação, uma vez que era difícil saber o quanto havia de verdade e de ficção naqueles coitos desenfreados. Seja como for, ao deixar aquela mulher ali e ter passado os olhos nas cenas de sexo, não consegui mais me concentrar no trabalho. Fui ao banheiro, bati uma punheta, a cabeça girando entre o decote da jovem do dia anterior, a ruiva na cinemateca e as lembranças das minhas perambulações noturnas.

Definitivamente, eu ficava sem graça quando Antônio falava de sexo. No caso, ainda mais perturbado porque isso também me colocava numa posição de espectador: o terceiro invisível que vê a transa, o outro excluído que vê a história. É um incômodo que reaparece de outro modo agora, quando escrevo o relato do meu amigo, ao pensar o quanto este texto envolve um jogo difícil entre visão e participação. Em que medida, quando contamos a história de alguém, somos meros espectadores dela? Será que recontar uma história não é um modo de vivê-la? O que me tranquiliza em parte é que eu e você participamos desse mesmo lugar: ambos estamos presentes e ocultos, incluídos e excluídos, participantes e espectadores. Afinal, ao ler esta história, será que você não está justamente no papel desse terceiro invisível? De mais a mais, sei que a história de Antônio só existe porque deve ser contada, como se um olhar externo fosse sua condição de existência. Nada dela faria sentido se não fosse a noite que ouvi, se eu não tivesse a vontade e a obrigação de contá-la. No entanto, assim como o pornô sempre deixa algo de lado, quando supostamente está mais perto da realidade do que nunca, há sempre um resto em tudo o que se diz. Nem tudo o que se vê é o que é visto, nem tudo que é escrito é o que está escrito, nem tudo que é lido é o que é lido. É dessa sobra que também se faz nosso lugar.

Quando voltei para a recepção, continuou Antônio, estava aliviado. Um pouco inseguro e arrependido, como geralmente fico nas vezes em que masturbo em lugares públicos, mesmo que sempre me esforce para lembrar que não é nada anormal se sentir assim. Afinal de contas, sem pudor, como é possível viver no mundo? Talvez fosse isso que me chocava nas orgias: o desembaraço sem reservas, a força de um ato capaz de desorganizar tudo pela mera apresentação. Porém, ao mesmo tempo, possivelmente era isso que me deixava com tesão. Como explicar? Para focar meus pensamentos, fui organizando a correspondência, tentando não me enredar nessas questões, quando o telefone tocou. Era minha irmã: meu pai estava no hospital, tinha acabado de ser internado com uma tosse que não cessava, a respiração entrecortada, aos saltos, falhando. O chão fugiu dos meus pés, uma bolha de ar prendeu minha garganta, os olhos se encheram de lágrimas. Era grave. Fui até meu chefe pedir para sair, mas ele estava fora numa reunião urgente. Chamei então uma funcionária para tomar conta do meu lugar e saí com os passos acelerados, os pensamentos confusos, as mãos tremendo, o suor escorrendo pelo rosto.

Meu pai estava em coma no hospital. Minha irmã o tinha encontrado estatelado no chão de sua casa, desacordado, o corpo quase convulsionando para respirar. Ele não respondia, parecia imerso num pesadelo sonâmbulo sem que ninguém pudesse despertá-lo. Houve um breve momento de consciência na ambulância, quando ele a olhou enternecido, e como quem pede desculpas pelo trabalho que está dando. Instantes depois, suas pupilas ficaram fixas e ausentes, como se não houvesse mais ninguém ali. Ela desatou a chorar desesperadamente e só conseguiu me ligar depois de parcialmente recomposta. Eu fiquei chocado ao ver o corpo dele de algum modo esvaziado, como se sua consciência estivesse aprisionada num ponto indecifrável, distante de nós, sem pistas de como resgatá-la. Visto assim, detalhes do meu convívio com ele nas semanas anteriores ganhavam nova significação: era evidente que ele já dava sinais de que não parecia bem. Como não pude perceber? Agora, só me restava ver aquele silêncio em forma de enigma, a pele perfurada para receber soro com medicamentos, os aparelhos medindo o que ainda restava daquele que sempre foi mais forte do que eu, mas que agora estava fragilizado, com poucas chances de se recuperar. Fui atravessado por uma dor terrível, como se o mundo inteiro tivesse saltado do eixo, o espaço ao redor fosse sonho, o tempo tivesse desacelerado tudo até uma espécie de não movimento. Não me lembro de ter sentido solidão maior, vulnerabilidade maior: era como se o mero deslocamento do ar pudesse me ferir, que a única posição menos aflitiva fosse ficar imóvel, quieto, como a de quem quisesse suspender a vida, torcendo secretamente para que de algum modo fosse eu, e não ele, quem estivesse prostrado ali. O que fazer da vida sem ele?

Anita chegou mais tarde no hospital e encostou sua mão em meu pescoço com carinho. Seu gesto me devolveu algum calor: comecei a chorar sem parar, sem controle, incapaz de dizer qualquer coisa. Não conseguia achar nem ao menos uma palavra capaz de substituir o balbuciar e as lágrimas: essas eram as únicas maneiras de lidar no momento com aquela dor sem nome. Um amigo dizia que passamos a vida inteira aprendendo a nascer e perplexos diante da morte: era o que se passava ali, a iminência de ter que nascer de novo diante da possibilidade de perder meu pai, o mistério sem resposta que é o fim da vida. Como é possível que todos nós percamos entes queridos e ainda sejamos capazes de viver? Para essa pergunta sem resposta, a chama e o chamado corporal de Anita davam afago. Certamente minha irmã não sabia dos desvios do nosso amor quando a avisou, mas agradeci calado sua atitude: eu precisava de alguém ao meu lado.

Tudo foi interrompido quando um dos mostradores começou a apitar. Um grupo de enfermeiros entrou no quarto, pediu para que saíssemos, destravou a cama e levou meu pai para a UTI. O médico responsável apareceu em seguida, disse que o coração estava ameaçado, que era necessário mantê-lo sob vigilância. Aquilo apertou ainda mais a tristeza, minha e da minha irmã, que desatamos a chorar sem saber o que fazer. Ele recomendou que passássemos a noite com o celular ligado, mas que infelizmente – para usar as palavras dele – não poderíamos mais ficar no hospital. Eu sabia disso. Desde a privatização de parte da rede pública de saúde, as sete famílias tinham estabelecido normas rígidas para o funcionamento dos planos de saúde nos seus hospitais: caso os pacientes fossem para a UTI, os quartos deveriam ser liberados e os parentes esperar fora do hospital. Cada minuto que passava, eu ficava mais desnorteado com uma situação sobre a qual eu não tinha controle algum, dentro da qual meu único papel era o de espectador.

Eu, Anita, minha irmã e o marido dela fomos para uma lanchonete próxima. Pedimos alguns pratos, mas ninguém conseguiu comer direito. Quando minha mãe morreu, o desenvolvimento da doença foi lento, preparando-nos de algum modo. Agora, com meu pai, tudo aconteceu tão subitamente, que era um choque aceitar a ideia de que poderíamos nunca mais tê-lo ao nosso lado. O mais terrível era vê-lo sem consciência, tal como acontecera com minha mãe, como se estivesse privado de si mesmo. De certa maneira, os dois tinham isso em comum: a perda da identidade como um capítulo necessário antes do fim. Tal pensamento me atemorizava. Nos últimos tempos, cada vez mais sentia que tudo aquilo que fazia de mim um eu estava se estilhaçando, e não gostava de sentir o vazio que tomava espaço no lugar. Já era angustiante perder meu pai, saber que eu poderia ser o próximo, mas ainda mais aterrorizante diante das circunstâncias daquele momento da minha vida.

A mudez de todos na lanchonete vazia fazia ecoar as notícias dos novos cortes anunciados pelo governo na televisão. O gerente do bar foi até o aparelho e desligou o noticiário. Possivelmente nem ele aguentava mais ouvir sobre a falência do Estado, a pressão das sete famílias, assim por diante. Permanecemos em silêncio por alguns minutos, somente interrompidos pelo celular de Anita, que começou a tocar insistentemente até ela desligá-lo. Será que ela estava saindo com alguém? Ou simplesmente não atendeu por respeito ao luto que se esboçava em nossa mesa? Eu senti uma pontada de ciúme, que aumentou minha angústia. Algum tempo depois, foi a babá dos filhos da minha irmã que começou a chamar. Tudo isso parecia indicar que era hora de todos voltarmos para casa. Pedi a conta, paguei tudo e me despedi de Anita em primeiro lugar com um beijo no rosto. Queria deixar claro que pretendia passar a noite sozinho: aquele telefone tocando, assim como sua expressão distante, apesar da piedade, eram indícios de que não era o caso de ficarmos juntos. Seus olhos aliviados logo após nos despedirmos me confirmaram isso: eu estava só. Fui para a casa chorando sem parar, tomei um ansiolítico ao chegar e as lágrimas só pararam quando o sono tomou conta da mim. Não me lembro se sonhei, mas recordo que pensei no sonho da noite anterior, em que eu virava um – agora visto – inútil super-herói, matéria sonhada que era justamente isso: matéria sonhada.

Era difícil não sentir compaixão diante do meu amigo, assim como não me imaginar em seu lugar.

Num sentido bem preciso, o acaso lhe pregava peças trágicas. O pior é que, no dia seguinte, quando ele chegou à cinemateca, as portas estavam fechadas. Ele tocou várias vezes a campainha até que o guarda enfim veio atendê-lo. Entregou a meu amigo uma carta padronizada, em que o ministro da cultura explicava que, devido aos novos cortes do governo, a cinemateca estava fechada e ele estava demitido. Com o comunicado em mãos, ficou prostrado sem ter o que dizer, sentou-se no meio-fio e ficou olhando os carros passarem. Não tinha a menor ideia do que fazer a partir dali. Tinha algumas poucas reservas no banco, capazes de sustentá-lo por um mês ou dois, mas o que fazer depois? Além do mais, seu pai estava internado e certamente iriam surgir custos da internação que o plano médico não cobriria. Sua esperança era de que o marido de sua irmã, que estava relativamente bem de vida, devia ser bem capaz de pagar o que fosse necessário. Antônio deve ter permanecido quase uma hora perplexo, a cegueira dando sinais de que poderia reaparecer, quando foi surpreendido pela chegada de um carro luxuoso, todo preto, de onde saiu a ruiva do dia anterior.

A ruiva estava visivelmente agitada, queria entrar na cinemateca de qualquer maneira. Novamente de preto, com um vestido curto que desenhava seu corpo, salto alto, a pele branca cintilante recendendo a sabonete, óleo e um suave perfume. Um misto de aromas que ainda assim deixava algo do odor de seu próprio corpo, incendiando pelo olfato a imaginação erótica do meu amigo. No início, ele apenas a cumprimentou e recebeu um sorriso com uma simpatia que não havia no dia anterior. Observando a insistência dela para se infiltrar na cinemateca quase deserta, aproximou-se e explicou a situação. Ela sugeriu subornar o guarda, mas Antônio fez com que ela desistisse. Não adianta, disse, são ordens do governo federal, o pobre guarda não tem o que fazer, está com medo de perder seu emprego também. Ela pareceu desamparada, mas convencida, e os dois começaram a falar sobre os filmes eróticos em preto e branco que ela vira, comentando a ausência de coreografia etc. Havia um falso pudor entre os dois, como se ambos disfarçassem o fato de que havia um interesse mútuo nascendo. Antônio entrou no jogo e convidou-a para tomar algo. Qual o seu nome mesmo? Érica. E o seu? Antônio.

Em um pequeno café antigo das redondezas, falaram do desemprego, das privatizações, das dificuldades da economia no novo governo. Ela comentou que passara por muitas dificuldades, que teve uma infância humilde, até que os ventos passaram a soprar a seu favor. Todo o diálogo era como uma fachada para a atração que se desenhava ali, as palavras como meros suportes de uma comunicação que precisava manter o não dito aceso. Ele se perdia em seus lábios, no pequeno vão do pescoço revelado quando o cabelo permitia, a pele levemente descoberta e luminosa acima dos seios, as mãos delicadas e firmes. Mais uma vez, as descrições de Antônio me faziam figurar rapidamente as mulheres pelas quais se sentia atraído, conferindo-lhes uma consistência que, devo confessar, também inflamava meu desejo. Eles poderiam ter passado horas ali, como quem espera pela brecha oportuna para o lance final, a aposta que poderia levá-los finalmente à cama, mas o telefone dela interrompeu tudo. A feição de Érica mudou rapidamente: não sou eu, disse, é engano. Antônio começou a falar dos erros cometidos pela companhia telefônica, quando o celular soou novamente. Desta vez, a conversa foi curta, como se alguém tivesse lhe dado uma ordem, transfigurando sua expressão de encanto em seriedade. Ela respondeu obediente, desligou e disse que precisava ir. Deixou o número do seu telefone, deu um beijo no meu amigo quase na trave dos seus lábios, esboçou um último sorriso e partiu.

Na primeira ligação, contou Antônio, poderia arriscar que se tratava de uma operadora de telemarketing. A segunda, todavia, fez com que eu imaginasse a hipótese um tanto absurda de que não era ninguém menos que a voz quem a chamava. Diante da sucessão de fatos estranhos em que me enredava, não seria absurdo. Por outro lado, isso só poderia ser loucura, paranoia. Não era possível. Pedi mais um café, fiquei por algum tempo ali saboreando o gosto daqueles lábios que havia roçado de leve os meus e logo esqueci a questão. Eu queria encontrar aquela mulher de novo, tirar sua roupa, e passar horas transando sem parar. Seria um modo delicioso de esquecer a doença de meu pai, o desemprego, a cegueira, os eventos insólitos que se acumulavam ao meu redor. Não aguentava mais as lapadas que o acaso vinha me reservando, precisava respirar, viver. Mas minha irmã me chamou e os pensamentos bons foram arrastados para longe: haveria um breve período aberto para visitas no hospital à tarde, seria uma oportunidade de ver meu pai.

Não deixaram que Antônio ficasse por muito tempo na UTI: apenas vinte minutos, sem chances de permanecer mais. Logo ao entrar, era penoso ver pelas frestas das portas pessoas com membros amputados, a pele ressecada, as expressões esculpidas por dores inimagináveis, a vida mantida por meio de aparelhos, a atmosfera de que a morte era um alívio, não um terror. Tudo embebido por um cheiro forte de desinfetante, como se a limpeza quisesse vencer o horror. Quando entrou no quarto do pai, dividido com outros dois pacientes terminais, o choque redobrou: os olhos vazios, como se ninguém habitasse mais aquele corpo, fez com que ele pensasse que nunca mais seu pai estaria ali. Aristeu ainda era vida, mas entendida de um modo não muito distante da energia que alimentava os aparelhos que o sustentavam. Corpo sem consciência, que trabalha suas funções sem restar nada de voluntário. Será que ele ainda pensava? Imaginava? Desejava? Aqueles olhos inertes pareciam bloquear qualquer sopro da alma, como uma barreira que anula a possibilidade de que vejamos um espírito ali e, quem sabe, um sinal evidente de que não havia de fato mais nenhuma pessoa naquela casa. Por um momento, pensou em como sua cegueira intermitente o deixava morbidamente perto de seu pai, a falta de visão de ambos como diferentes capítulos de uma perda de si mesmo, de uma proximidade do fim.

Naquela noite, foi para a casa e passou horas diante da televisão muda. Deixou uma música tocando no computador ao fundo, tentando achar relações casuais entre o som e a imagem. O lançamento no futebol quando subiram os violinos, a perseguição do filme no improviso dos metais, o tiroteio do noticiário junto aos disparos da percussão: a sincronia ao acaso dava camadas de significado que ninguém poderia prever ou repetir.

Mas, por volta de meia-noite, o telefone tocou e tudo parou. Seu pai estava morto. Antônio ouviu sem acreditar, precisava ver com os próprios olhos. Chegou ao hospital minutos mais tarde, viu o corpo petrificado num gesto interrompido, como quem busca um último ar que já se foi, a feição contorcida. Uma dor súbita corroeu suas entranhas, chocado diante dos indícios que a consciência só voltara ao pai para revelar sua condição de sofrimento. Se era para ficar ausente de si, que ao menos essa falta durasse até o segundo final, que o sofrimento lhe fosse poupado: era desesperador ver seu último respiro como uma busca consciente do que não há mais. Em especial para quem nunca tinha visto um corpo recém-abandonado pela vida, como Antônio, que só esteve próximo de mortos depois que eles já aparecem serenados nos velórios.

Tudo que se passou em seguida, prosseguiu, desde o momento em que o vi com o gesto paralisado no hospital até seu enterro, ganhou uma nova consistência. Não parecia sonho, não parecia a realidade cotidiana, mas outra realidade. A presença dos mortos, por mais que eles não se pareçam com as pessoas em vida, ou justamente por isso, incomoda muito. Há toda uma exigência social para que não nos concentremos no luto logo após a morte de um ente querido: é necessário enfrentar formulários e contas de hospital, reuniões para escolha do caixão, do tipo de enterro, entre outras tantas urgências, que quase não nos é permitida a ocasião para sentir de fato o que se passou. Cria-se uma demanda de velocidade para anestesiar os sinais evidentes de que há um tempo maiúsculo que passa para todos, menos para os mortos. Mas, mesmo diante dessa pressão, que transforma o ritual funerário numa espécie de linha de produção de fábrica, eu senti várias vezes que algo escapava aos imperativos do funcionamento eficiente: quando fomos escolher a roupa para o caixão, ao vesti-lo antes do velório, nas horas caladas em que as amenidades e gracejos dos parentes cessavam. Quando minha mãe morreu, eu era jovem, meu pai se encarregara de tudo, sem que eu tivesse que participar: isto, somado à preparação lenta e progressiva de sua morte, fez com que não houvesse esses instantes para sentir dolorosamente o vazio da perda. No entanto, com meu pai foi diferente: por mais que tentassem higienizar o horror, ele estava lá, dando um ponto final que parecia difícil ultrapassar, ao menos num primeiro momento. Era como se o peso da existência adquirisse outra espessura, um buraco negro que adensava todas as responsabilidades que eu teria de enfrentar sozinho, sugando o aqui e o agora para um arranjo em que o desamparo parecia ser a única lei. Um sol negro: toda a liberdade que temos entre os dois pontos de nossa existência é uma sentença, como a morte de outrem não cessa de nos lembrar. Não escolhemos nascer, não escolhemos morrer: talvez tudo fosse mais fácil sem isso, sem ter que passar pelo horror. A máxima francesa – *le soleil ni la mort ne se peuvent regarder fixement* – martelava de novo em minha cabeça, insistente, incômoda. Ainda mais porque eu via, fixamente, o que não queria ver, o que não podia ver, o que não devia ver. Estava só, estava outro, perdido no vácuo de uma espécie de cegueira trágica, lente derradeira para uma visão do invisível, do indizível, do horror.

A ideia de que Antônio era outro me arrepiava. Não pelo sentido comum: o homem cuja consciência da vida é alterada pela morte de um ente querido. Nem pelos fatos evidentes: nós dois mais velhos, os cabelos rareando, a pele manchada e enrugada, o tempo inscrito em nossa carne. Mas porque volta e meia isso sublinhava uma estranheza muda, mas presente, que fazia com que eu por vezes não reconhecesse meu amigo. Era como se o andar da noite revelasse cada vez mais um processo longo e difícil de uma doença que tivesse transfigurado sua mente, e que – pior – suas palavras fossem um modo de passar sub-repticiamente esta sua enfermidade adiante, como uma infecção contagiosa, uma epidemia invisível. Nem tudo deve ser ouvido, mas a curiosidade não me permitia ir embora, apesar do temor: eu tinha que escutar suas palavras, eu tenho que escrever suas palavras, mesmo que – desconfio – isso faça passar adiante um gosto de morte, de sol negro, de uma morbidez sem palavras nas veias do que se diz. O que me resta é o espelho dele, imagem em que estamos eu, ele e você, hospedeiros de algo que nos pertence e não pertence.

A descrição dos dias seguintes sossegou minha apreensão, sem eliminá-la por completo. Meu amigo foi passar uns dias na casa da irmã, conviver com os sobrinhos, respirar um lar seguro, uma família invulnerável, de modo a esquecer os fatos recentes. Durante o dia, a presença das crianças, as compras no supermercado, o horário regular das refeições, os programas de televisão que se repetiam, as idas ao parque, tudo isso infundia-lhe serenidade. No entanto, quando a noite chegava, quase nunca conseguia dormir. Por volta de duas horas depois de adormecer, o antigo filme com a brincadeira de cabra-cega reaparecia transfigurado em pesadelo. Ele, o outro, o não ele, os olhos sem luz encarando os olhos de outra luz. Por vezes criança, por vezes adulto, mas sempre com a descoberta de que ocupava um lugar que não era o seu. Isso o deixava insone pelo restante da noite, com sentimentos difusos entre o medo e o desamparo. Se não era ele ali no passado, quem eram aquelas pessoas de seu presente? Não estaria metido num equívoco há muito mais tempo do que imaginava? Isso fazia com que durante muitas manhãs se alheasse do cotidiano da casa de sua irmã, vendo estranheza onde antes havia familiaridade. Quando tal distanciamento começou a corroer seu dia por completo, tomou uma decisão e foi visitar o apartamento ainda intacto do pai. Buscou obstinadamente fotos antigas, documentos, reviu os filmes em Super-8, revirou tudo. Nada, absolutamente nada, compactuava com a impressão do seu pesadelo, do filme. Todas as evidências levavam a crer que aquele não pertencimento era uma invenção sua, uma criação de sua imaginação. A realidade desmentia seu sonho e tal constatação, de alguma maneira, paulatinamente desfez sua inquietude, seu medo, sua angústia, e seu desamparo. Não havia ninguém mais além dele: aquela era a sua família, aquele era o seu papel, o sonho era apenas um sonho.

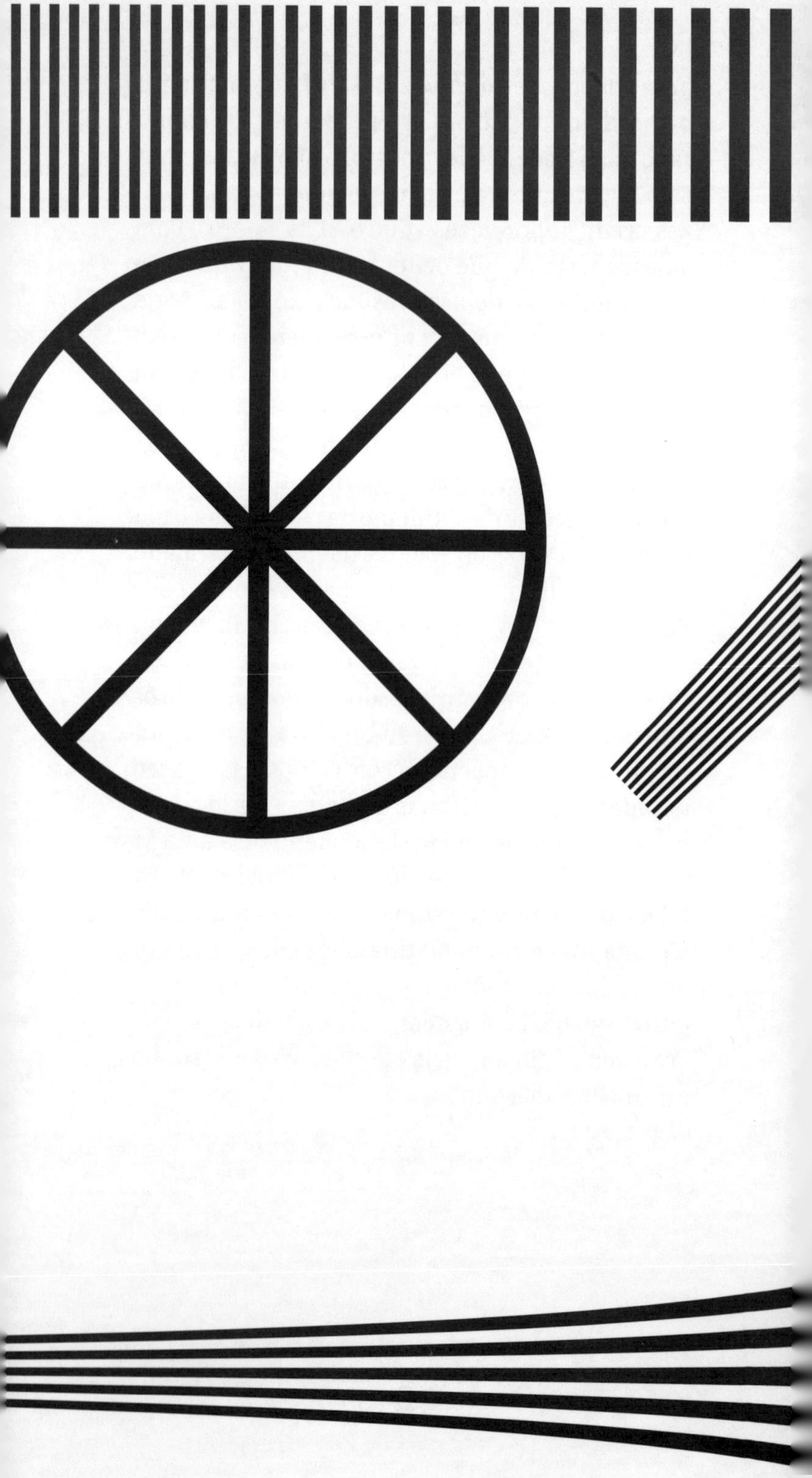

5

Após cerca de um mês, Antônio voltou para seu apartamento. Passou alguns dias entocado, imaginando o que fazer a partir de então. Depois de várias consultas telefônicas e buscas na internet, começou a enviar currículos para empresas especializadas na finalização de filmes e programas de televisão. Era sua única perspectiva: trocar suas amadas películas mudas do passado por realizações atuais, mesmo que isso o deixasse um pouco contrariado. No entanto, sentia também que seria bom se concentrar no presente, esquecer o passado. O importante era não deixar que seus novos chefes e companheiros de trabalho notassem as incidências de sua cegueira, que a qualquer momento poderiam voltar, e que certamente não seriam aceitas *a priori* nos empregos que pleiteava. Como estava cada vez mais se acostumando com a ideia de que nem tudo deve ser dito, sabia que calar sobre tal assunto não invalidava as qualidades de seu fazer, que seus resultados seriam apreciados, como sempre foram na cinemateca. Ademais, as velhas novas notícias de sempre – os blecautes constantes, as garotas assassinadas, assim por diante – alardeavam muito, mas não sensibilizavam quase ninguém. Em suas palavras, falar demais é também uma forma de silêncio, mesmo que seja de uma mudez de outra ordem. Entre as duas pontas dessa ausência, esconde-se um dizer certo, que por sua vez se cala pontualmente para melhor confessar. Há silêncios e silêncios, cuja constatação não é uma chegada, mas uma partida.

Érica e Anita ligavam com certa regularidade desde a última vez que as vira, respectivamente, no café e na lanchonete. Calculadamente, não atendia a primeira, pois achava que assim poderia manter vivas as promessas daquele beijo na trave. A imaginação erótica ao redor dela era constante, mas – logo após a morte de seu pai – achava que não seria uma boa ocasião de procurá-la. A tristeza poderia comprometer tudo, seria um modo equivocado de começar algo com uma mulher como aquela. Respondia eventualmente com algumas mensagens de texto, fazendo gracejos, de modo a não perder o contato. Mas foi uma tentação a ser evitada, por mais que fosse a mulher em quem mais pensava nos momentos que sua atenção para o mundo exterior ressuscitava. Eventualmente, Anita e a garota do colégio também frequentavam sua imaginação erótica, mas com menos intensidade. Era Érica quem estava na mira do seu desejo.

Certa noite, o telefone tocou por volta das duas da manhã. O mostrador estampava o nome de Anita e uma foto sua, de meses atrás, quando ainda estavam juntos. Era preciso apagar aquela imagem, pensou, refazer a vida nos menores detalhes. Mesmo assim, atendeu. Estava estirado no sofá, revendo um filme que nem gostava: que mal haveria em aceitar a ligação? Para sua surpresa, ao invés de voz da ex-namorada, tudo que escutava era uma sobreposição confusa de ruídos, uma massa sonora metálica feita de música alta e vozes desencontradas. Meu amigo ficou quase um minuto ouvindo aquilo sem entender, repetindo algumas vezes um tímido alô sem resposta. Aos poucos, criou uma hipótese verossímil. Era difícil imaginar que ela tivesse ligado para permanecer em silêncio: na verdade, se havia algo que Anita gostava de fazer, era falar. O mais provável era que ela estivesse em alguma festa ou balada e tocara acidentalmente nas teclas do celular, disparando uma ligação involuntária. Aquele era um indício evidente de que não havia mais ligações entre os dois: aquele engano era o acerto disso, o testamento da relação. Nunca mais procuraria Anita.

No dia seguinte, depois de uma boa reunião numa empresa de finalização, que lhe prometeu trabalho num filme ainda a ser rodado, Antônio tomou coragem e ligou para Érica. Não queria mais ficar sozinho: sua vida estava mudando aos poucos para melhor, era a hora certa de encontrá-la. No entanto, quando a conexão telefônica se fez, cada toque sem atender parecia uma eternidade e um convite para desistir. Começar todo um relacionamento de novo, ainda mais com uma mulher tão sedutora como aquela, que devia ter dezenas de pretendentes, pareceu-lhe por um instante uma aventura possivelmente perigosa, cansativa ou desnecessária. Quando, porém, a voz dela soou alegre do outro lado, o receio deu lugar a um misto de ansiedade e felicidade. Falaram rapidamente, como quem não quer gastar nada antes da hora, e ela logo o convidou para um jantar em sua casa.

Ao desligar, os olhos de Antônio ficaram nublados por pequenos pontos brilhantes. Logo agora sua cegueira voltaria? Parou numa adega, bebericou uma pequena taça de Porto, pacificou-se um pouco. Quando sentiu-se pronto, comprou um vinho tinto e foi para o endereço que ela passou.

Tudo que havia de não dito passou ao ato sem a intermediação das palavras. Antônio entrou no apartamento da ruiva, ela começou a beijá-lo e os dois começaram a transar quase imediatamente. A pele rutilante, os seios que cabiam nas palmas das mãos, os eflúvios desnorteantes, o corpo leve e capaz de se moldar de todas as formas, tudo isso e muito mais fez com que meu amigo transasse com ela várias vezes durante a noite. Depois de todos os dissabores que enfrentara nos últimos tempos, parecia que enfim fora recompensado. Mesmo sua cegueira, que dava sinais mais intensos durante o sexo, fazia ver prazerosamente pequenas manchas vermelhas no ar, como reflexos do estado interior deliciosamente confuso de Antônio. A percepção desordenada, contudo, não o impedia de tentar fixar na memória instantes do seu corpo emaranhado ao dela, como numa fotografia, de maneira a guardar algo daquele prazer efêmero. Quando se cansavam demais, adormeciam um pouco e logo se acordavam com carícias, com um novo encontro dócil e violento, um novo gozo, um renovado desejo.

O despertador de Érica tocou por volta do meio-dia, disse Antônio. Ela se levantou, mas eu fiquei na cama, incapaz de me mover. Não tinha nada para fazer, poderia passar horas ali deitado. Cerca de uma hora depois, senti um cheiro de café invadindo o quarto e logo Érica me trouxe uma xícara e uma fatia de pão. Comi sentado na cama, o olhar percorrendo, ela se vestindo com os cabelos molhados, as gotas de água atravessando seu relevo, a calcinha subindo pelas pernas, o sutiã escondendo os mamilos róseos e pontudos, as calças apertando as coxas sem agredir suas formas, a camiseta quase transparente, o corpo todo exalando convites. Poderia transar mais uma, duas, dez vezes, mas ela disse que eu precisava ir embora, pois ela tinha que sair. Sua afirmação foi feita com um misto de firmeza e delicadeza que era impossível se contrapor. Comecei então a me vestir com a cabeça flutuando, como quem está na marola de alguma droga: mesmo algumas breves aparições de manchas no ar, oriundas da minha cegueira, coloriam tudo ao redor de um modo agradável. Minha vida inteira podia ser assim.

Quando fui lavar meu rosto no banheiro, todavia, tudo mudou de sinal. Numa pequena estante de madeira ao lado da pia, um colar de prata com um coração. A visão flechou minha memória: a breve aparição de Érica nua no meio das ondas de corpos na praça. Minhas pernas tremeram, um vazio atravessou minha espinha como um raio: ela estava lá, era uma delas, um deles, um pedaço daquilo. Titubeante, eu ia pegar o colar nas mãos para ter certeza da realidade do que via, quando ela me chamou da porta, dizendo que estava atrasada. Abandonei a tentativa de tocar o colar, olhei-me novamente no espelho, lavei o rosto apressadamente e fui até a entrada do apartamento encontrá-la. Ela fez uma expressão de estranhamento e perguntou se estava tudo bem. Aquiesci, dei-lhe um beijo na boca e segui abraçado no elevador, evitando olhá-la diretamente.

Ao chegar ao térreo, nos despedimos com um sorriso: ela com aquela mistura de medo e desejo que parecia perguntar se nos veríamos novamente, eu com a cabeça confusa, a percepção embaralhada, o andar vacilante. A porta do elevador se fechou, nosso olhar foi interrompido sem resposta, ela desceu para a garagem. Corri para a porta, chamei um táxi e segui seu carro.

Andamos pela parte mais antiga e abandonada do centro da cidade, o ar-condicionado me protegendo do sol escaldante lá fora. Depois de cerca de quinze minutos, ela parou o carro em frente a um café, de onde saíram rapidamente dois homens altos, de terno e gravata, com feições de poucos amigos, mais com aspecto de seguranças do que de executivos. Eu quase poderia jurar que eram os caras da companhia telefônica que haviam visitado minha casa, mas não tinha certeza naquele momento. Eles disseram algumas palavras rudes para ela, que baixou a cabeça e entrou no carro obediente. Um deles assumiu a direção, Érica ficou no banco de trás com o outro. Poderia ser uma cena de um assalto ou de um sequestro, não fosse o fato de que ela se dirigiu voluntariamente para o local, encontrou-os sem surpresa, apesar de algum desgosto. O carro partiu do centro e entrou por áreas residenciais que de certa maneira eu reconhecia, mas não saberia dizer como, uma vez que não me lembrava de ter ido até lá alguma vez. Eu estava ficando desesperado: quem, afinal, era Érica?

Tudo ficou ainda pior quando chegamos na frente da escola do professor Antônio. Ao reconhecer a fachada do colégio, eu entendi porque senti certa familiaridade com a região: já estivera ali, mas não tinha chegado de carro da outra vez. Ao mesmo tempo, meus pensamentos dispararam diante do que se evidenciava: havia uma possível ligação entre Érica, as orgias da praça, as jovens colegiais e os assassinatos. Comecei a sentir náuseas, pavor e ansiedade. No entanto, o pior ainda se fez diante dos meus olhos: a estudante que conheci após a palestra de Antônio se aproximou do carro de Érica, que a recebeu com um sorriso largo, como se tivesse passado do desgosto à simpatia sem deixar marcas. Estaria interpretando? Será que a função de Érica era aliciar as jovens? Minha cabeça começou a girar, a cegueira desatou a corroer tudo ao meu redor, a náusea aumentou. Paguei o táxi rapidamente, saltei do carro, senti que ia vomitar. Ao pisar na calçada, tudo ficou escuro.

Um grupo de estudantes estava ao meu redor com um copo de água. Eu tinha desmaiado. Um deles tinha um pano úmido, que passou em minha testa enquanto eu estava desacordado. Apesar de ainda tonto, o sol queimando a cabeça, logo me levantei. Cambaleei, mas o motorista do táxi que me trouxera me segurou. Perguntei do carro que seguíamos, ele disse que perdera de vista há cerca de vinte minutos, mas que eu devia me cuidar. Peguei meu celular e imediatamente liguei para o professor Antônio. Nós precisamos nos encontrar: há uma garota da sua escola em perigo. Como assim? Quem está em perigo? Deixa pra lá, eu explico ao chegar. Me passa seu endereço? Não estou em casa. Passe o endereço, por favor. Anotei o nome da rua e o número num pedaço de papel que uma jovem me deu, entreguei para o motorista e seguimos adiante. O senhor tem certeza que quer ir para esse endereço? Eu posso levá-lo para casa.

O endereço era de um antigo prédio do centro da cidade. Ao saltar do táxi, senti novamente o sol fervendo. O bafo insuportável do ambiente externo me deu vontade de largar tudo, mas eu segui adiante. O saguão de entrada estava aberto, sem ninguém. Chamei o elevador, mas aparentemente não havia energia. Malditos blecautes! Subi de escada até o quarto andar, torcendo para não topar ninguém. Não sabia como proceder caso fosse visto, tampouco como deveria agir depois que contasse minhas suspeitas ao professor: estava perdido, tonto, semicego, suando, ofegante. O calor parecia pôr fogo em tudo, minhas pernas não queriam me obedecer, minha visão estava encoberta por pontos luminosos e manchas. Quando finalmente cheguei ao andar, andei apressadamente pelo corredor, um pé batendo involuntariamente no outro. Porém, ao chegar perto da porta entreaberta, diminuí o passo. No chão do apartamento, meu homônimo estava morto, o sangue empapando o carpete, um cheiro horrível de morte e pólvora no ar. Ao seu lado, uma jovem garota com parte do uniforme colegial rasgado, também sangrando. Os dois tinham a testa marcada por um pequeno orifício e a cabeça estourada atrás, como se fossem seres humanos apenas pela frente, massa avermelhada de carne por trás. Como sacos de água estourados, deixando escorrer a consciência. Fiquei completamente sem ação. Caí de joelhos, comecei a chorar. O ambiente estava revirado, com claros sinais de luta. O abajur caído, a poltrona virada, os livros no chão. Num canto da mesa de jantar, um recibo da companhia telefônica. Procurei ainda uma vez nos corpos desfigurados algum sinal de vida. Mas não, matéria inerte e espalhada, saco vazio. Tirei meu telefone do bolso, ia ligar para a polícia, quando minha linha tocou. O número da chamada permanecia velado e eu deixei o celular tocar por um bom tempo antes de atender. Era a voz. Imperturbável, pausada, senhorial, impositiva.

Se você chamar a polícia, Érica e a garota vão ficar iguais ao seu amigo e à amiguinha dele que você encontrou aí. A única possibilidade de você vê-las é ficar de bico calado e seguir minhas instruções. Certo? Certo. Que bom que você entendeu e vai cooperar. Primeiro, você vai sair do prédio, virar à direita e caminhar até um bar na esquina. É fácil de reconhecê-lo: poucas pessoas, móveis antigos, ladrilhos brancos e azuis alternados na parede. Lá, deve aguardar cerca de meia hora: dois homens em um carro preto irão buscá-lo. No caminho para cá, você será vendado, não deve fazer perguntas. Não tente avisar ninguém, não fale com ninguém, não olhe para ninguém. Nós sabemos precisamente cada passo seu. Qualquer movimento em falso, você já sabe: as duas morrem e você em seguida.

Eu sentia que podia desmaiar novamente: a visão e o cheiro dos mortos aos meus pés pressagiavam o meu possível destino. Tinha vontade de correr, de ligar para a polícia, mas sabia que não adiantaria. Se eu tinha alguma chance, e eu não acreditava muito nisso, sabia que estaria ligada à obediência da voz. Corri para o banheiro e vomitei uma, duas, três vezes. Limpei a boca com água, lavei o rosto, peguei uma toalha e passei por cima dos locais em que eu havia tocado para apagar minhas digitais. Fechei a porta com a manga da minha camisa, desci torcendo novamente para não encontrar ninguém. Cada degrau era um terror, cada ruído, uma ameaça.

Quando cheguei à entrada do prédio, o calor parecia pior. Caminhei em direção ao bar entorpecido, sem conexão com a realidade exterior. Era como se uma camada me separasse do que eu via: tudo e todos pareciam distantes, irreais. Ao chegar ao bar, o local era exatamente como a voz descrevera: os ladrilhos, os móveis, o vazio. Apesar do estômago ainda se refazendo, pedi uma dose de conhaque, virei e olhei para a rua. A bebida queimava por dentro, porém serenava a apreensão. Fiquei olhando os carros passando, imaginando como seria o carro que iria chegar. Queria que a cegueira voltasse e me apagasse do mundo, mas tudo o que ela fazia era nublar, desfocar, encobrir, deixando-me ainda mais desamparado e com medo, como se impossibilitasse a certeza de qualquer ação.

Era um carro luxuoso, em que claramente mostrava que eu tinha me metido em algo de gente abonada, possivelmente das sete famílias. Se isso fosse verdade, com certeza não existiria nada que poderia me salvar, somente uma inesperada mudança de ideia de quem me sequestrava. Os dois homens que me conduziram no carro eram os mesmos que levaram Érica e a estudante, os mesmos caras – agora tinha certeza – que estiveram na minha casa para consertar o telefone. Fiquei ainda mais apavorado: havia uma lógica naquilo tudo, mas uma lógica que me escapava. Por que eu? O que eu tinha feito? Eu tinha sido apenas um espectador involuntário daquilo tudo, poderia muito bem nunca falar nada. Mas ninguém parecia interessado no que eu podia ou não dizer. Os dois brutamontes me empurraram para entrar no carro, colocaram uma venda nos meus olhos e levaram-me embora.

Antônio ficou algumas horas no carro, sem que tivesse a exata noção para onde ia. O ar-condicionado aliviou o calor do sol terrível lá fora, mas a constância do seu som e as janelas fechadas impediam de escutar os ruídos dos lugares por onde passava. Percebeu que pararam algumas vezes, trocaram uma vez de carro – ou voltaram para o mesmo, não dava para saber – e seguiram adiante. Tinha vontade de dormir e acordar em outro lugar, em outro tempo, com outras pessoas. Mas nada permitia que relaxasse. A lembrança do corpo estendido do professor, da jovem a seu lado, a voz, a lógica terrível dos assassinatos que descobrira involuntariamente, tudo aquilo martelava no seu cérebro, espremendo-o.

Quando pareciam enfim ter chegado ao destino final, foi retirado do carro, mas permaneceu vendado. Pela temperatura e pelos ruídos, adivinhava que já era noite e estava possivelmente numa fazenda. Os brutamontes largaram seu braço e uma mão mais delicada passou a conduzi-lo. O perfume e o toque levantaram a suspeita de que era Érica. No entanto, caminhou em silêncio porque não queria cometer nenhum erro. Subiu uma pequena escada e entrou num ambiente interno. Supunha que estava numa casa enorme, com muitos cômodos e com chãos de madeira que rangiam. Mas o que mais chamava sua atenção era o cheiro e os gemidos de sexo que impregnavam o ambiente. Ele certamente estava num novo capítulo das orgias, e aquilo começou de algum modo a estimulá-lo, a deixá-lo excitado, a despeito do perigo que corria. Quando chegou num dos aposentos, suas mãos foram amarradas numa cadeira, e uma voz – que ele agora reconhecia como de Érica – sussurrou em seu ouvido: tem coisas que é melhor não ver, por melhores que sejam. Aguarde aqui, vai dar tudo certo.

Eu não sei quanto tempo fiquei preso ali, prosseguiu Antônio. No início, achei que estava sozinho, mas logo comecei a ouvir um choro contido. Sem que eu possa precisar o porquê, comecei a me acalmar. Talvez porque o desespero daquela outra pessoa tivesse chamado dentro de mim a vontade de ajudar, talvez porque o ruído daqueles corpos se entrelaçando próximos a mim, mesmo que em outra sala, tenham despertado o meu desejo, chamado para a ação. A cegueira tinha me tirado muitas coisas da vida, mas ao menos me dera novas possibilidades de perceber o mundo ao redor. Por um lado, deixava-me inebriado por estar de novo próximo de uma orgia, ouvindo detalhes que noutro tempo eu não conseguiria distinguir. Por outro, fazia-me ter a certeza de que só havia eu e mais uma pessoa na sala. Além disso, permitia-me o acesso a uma imagem mental: a lembrança da pele lisa, do cabelo castanho cacheado, dos olhos vivos, do odor singular. A garota ao meu lado era a estudante que eu conhecera na saída da palestra do professor.

Com certa paciência, consegui me livrar da corda que prendia meus punhos. Retirei a venda. Minha visão estava parcialmente nublada, mas eu conseguia enxergar. Estava no quarto de uma antiga casa-grande, com móveis e objetos coloniais, pinturas com retratos de figuras aristocráticas. O ambiente estava escuro, com a luz apagada e as cortinas fechadas. Fui olhar pela janela: eu estava mesmo numa fazenda, com um ou outro segurança na parte de fora da casa. Fui até a porta, vi que estava destrancada. Olhei pelo vão e vi algumas pessoas nuas transando no corredor. Certamente estava numa parte mais reservada da festa: deviam existir lugares com mais gente, onde o mar de corpos devia ondular tal como eu vira na praça. Fechei novamente a porta e fui desamarrar a garota. Ela me abraçou e ficou chorando no meu ombro. Depois de alguns instantes, interrompi e disse que precisávamos dar um jeito de sair dali.

Meu amigo começou a tirar a roupa e pediu que a garota fizesse o mesmo. Ela ameaçou recomeçar a chorar, mas Antônio explicou-lhe que talvez fosse a única maneira de passar por ali sem ser notado. Quando ela tirou a roupa, os seios pequenos, o corpo bem feito, aquele olor, tudo embaralhava seus sentidos. Antônio se recompôs, segurou na mão dela e a puxou para o corredor, andando calmamente sem querer ser percebido. Evidentemente, a tática não deu muito certo: no caminho, o casal improvisado foi agarrado pelas pessoas que ali estavam, chamando-os para entrar na roda. Antônio sorriu seguro em recusa, puxou a garota e continuou a andar.

Os dois chegaram então numa sala grande, que parecia ser a principal. Ali, a visão da praça parecia reconstruída: dezenas de tipos engalfinhados entre si formando um único e imenso corpo com uma miríade de braços, pernas, seios, cabelos e muito mais. Parecia um gigantesco ser que anulava todas as individualidades, suas diferenças, para recompô-las num arranjo cambiante. Aquilo era de certo modo chocante, mas também excitante: tanto ele quanto a jovem sentiram isso, hesitantes se deviam ou não entrar no meio daquilo.

Aos poucos, começaram a ser puxados, levados para dentro, como uma onda que arrasta para o fundo, vencendo a resistência. Meu amigo não sabia mais se era sua visão que falhava, se era um novo blecaute ou se simplesmente era a situação que não se permitia plasmar numa forma. Entre o medo e o tesão, sentia-se diluído, atravessado por um impulso que não era seu, mas coletivo, como se fosse e não fosse Antônio quem estava ali. Por alguns segundos ou minutos, foi aniquilado por uma torrente de prazer desconhecida, que parecia desfazer os limites que o separavam do mundo. Como um saco de água estourado, deixando escorrer a consciência. *Le soleil ni la mort ne se peuvent regarder fixement* – lembrou uma última vez – antes de ver a colegial ser cortada, o sangue jorrar, o corpo coletivo continuar ainda mais flamejante.

Tudo foi muito rápido em seguida. A visão do sangue fez com que Antônio subitamente se destacasse daquilo tudo, a consciência de si tomando seu corpo individual por completo. Um blecaute, aparentemente proposital, fez com que tudo ficasse escuro e ninguém mais conseguisse divisar nada ao redor. Um tiro, dois tiros, vários tiros começaram a se ouvir. O imenso ser coletivo se desfez: eram pessoas novamente, sem nada ver, correndo, pisando-se, atropelando-se. A sirene da polícia soou e iluminou confusamente o ambiente. Cachorros começaram a entrar e meu amigo procurou uma saída desesperadamente. Quando estava próximo de uma janela, prestes a fugir, alguém o pegou violentamente e o atirou no chão. Sem que ele pudesse ver a face, a voz sussurrou no seu ouvido: você não vai sair daqui. Estremeceu. Não havia saída: estava diante da voz, ela iria matá-lo. Fechou os olhos aguardando o pior quando um tiro explodiu a cabeça daquele que o segurava, deixando-o empapado de sangue, mas livre para fugir. Tentou procurar de onde viera o tiro, mas não conseguiu avistar. Olhou uma última vez o corpo convulso, esvaziando-se de ar, jorrando sangue pelo carpete. Fugiu.

Antônio nunca soube de onde veio o tiro. Tudo levava a crer que teria sido Érica. Mas como saber se ele não tinha visto? Ele foi para sua casa, pegou todo seu dinheiro, suas coisas e mudou de país. Resolveu ficar ali, isolado na neve, ilegal, sem contato com o mundo exterior. No caminho de sua fuga, viu jornais que incriminavam o professor como o assassino das jovens garotas. Ele sabia que era mentira: as sete famílias controlam tudo. Nas noites, mesmo consciente de que a voz estava morta, ele a ouvia em pesadelos, lembrando-lhe insistentemente que havia algo nela que ultrapassava o fim. Não adianta mudar de lugar, a voz dizia, não adianta mudar de corpo, uma vez picado pela história você será a história, como uma doença infecciosa para a qual não existe cura. Apavorado, ele resolveu permanecer calado por anos, pois sabia que era a única maneira de permanecer vivo. A solidão o exauria, mas os filmes ao menos lhe davam companhia. Afinal, ele sabia que nem tudo pode ser dito.

O silêncio é uma doença vazada por falas inaudíveis, a palavra é uma dor atravessada por silêncios. Naquela noite, Antônio me contou tudo. Até o que não disse. Agora, sentado aqui, perto do ponto final, passo adiante a história que nos acometeu. Não adianta se esconder como uma criança faz quando acha que sumiu atrás de algo que encobriu sua visão. Agora que soube que Antônio morreu, sei que é hora transformar-me de algum modo nele. Um pouco como uma doença que ficou em mim, e que agora está em você, caro leitor, neste ponto indistinto onde eu e você nos olhamos no espelho e de algum modo somos ele. Nossa visão é nossa cegueira. Não adianta gritar.

© Editora NÓS, 2019

Direção editorial SIMONE PAULINO
Projeto gráfico BLOCO GRÁFICO
Assistente de design LAIS IKOMA
Revisão JULIANA BITELLI, JORGE RIBEIRO

A capa e aberturas utilizam elementos gráficos dos testes para calibração de foco de câmeras e lentes fotográficas.

Dados Internacionais de Catalogação na Publicação (CIP)
(Câmara Brasileira do Livro, SP, Brasil)

A923n
    Augusto Daniel
    Nem o sol nem a morte: Daniel Augusto
    São Paulo: Editora Nós, 2019
    120 pp.

ISBN 978-85-69020-41-7

1. Literatura brasileira 2. Romance I. Título.
CDD-869.89923; CDU 821.134.3(81)-31

Elaborado por Vagner Rodolfo da Silva – CRB-8/9410

Índices para catálogo sistemático:
1. Literatura brasileira: Romance 869.89923
2. Literatura brasileira: Romance 821.134.3(81)-31

Todos os direitos desta edição
reservados à Editora NÓS
www.editoranos.com.br

Fontes JEAN-LUC (GODARD), UNTITLED
Papel PÓLEN SOFT 80 g/m²
Impressão IMPRENSA DA FÉ